目次

第一章　巨石

一

暑さはまだ残っているが、日一日と大気が澄んで来ているのがわかる。秋の気配をまっさきに感じ取っているのは草花や虫たちで、萩《はぎ》の花が咲き、コオロギの音も聞こえて来る。夕方になってもつくつく法師は鳴き止《や》まない。

深川冬木町の足袋《たび》屋『大泉屋』の店先に、ふたりの山伏姿の大男が立った。

帳場格子にいた番頭の伊兵衛《いへえ》は、小僧の悲鳴に驚いて、大福帳から顔を上げ、店の前を覗《のぞ》いた。

もう夕暮れで薄暗くなっている。外に目をやったまま、手代たちが棒立ちになり、小僧が尻餅《しりもち》をついているのがわかった。

いったい、何事かと伊兵衛は立ち上がり、土間に下りた。

まだ小僧が腰を抜かしたまま起き上がれないでいるのを見て、足早に暖簾《のれん》をくぐって店先に出た。

伊兵衛は小僧を助け起こそうとして、ふたりの男の脚が目に入った。まるで丸太が立っているようだと、呆《あき》れ返りながら目を上にずらした。ふつうなら頭に当たる位置はまだ胸の辺りだった。

小僧を助け起こすことを忘れ、伊兵衛は驚いて何度も瞬きをした。六尺（約百八十二センチ）は優に越えている山伏姿の大男が立っていた。両頬《りょうほお》から顎《あご》、そして口のまわりは髭《ひげ》だらけで、大きな目の眼光は鋭い。分別盛りの三十五歳になる伊兵衛でも、逢魔《おうま》が時でもあり、覚えず天狗《てんぐ》が現れたのかと度肝を抜いたのだ。

その横から、もうひとりの山伏が一歩踏み出して来た。こちらも六尺近い男だ。その男が伊兵衛に向かい、

「我らは、高尾山薬王院の大天狗さまの使者として参った。ご主人にお取り次ぎを願いたい」

と、潰《つぶ》れたような太い声で言った。

「は、はい。ただいま」

気圧《けお》されたように、伊兵衛はすぐに店に引っ込んだ。その山伏は大泉屋と書かれた紺の暖簾をくぐって伊兵衛のあとを追って土間に入って来た。

伊兵衛は泳ぐように奥の主人の部屋に行き、大泉屋伝右衛門《でんえもん》に訴えた。

「なに、山伏姿の大男？」

伝右衛門はふと眉根《まゆね》を寄せて考える仕種《しぐさ》をした。伝右衛門は四十歳で、先代譲りの穏やかな人柄だが、案外と利かん気が強く、それが商売によい影響をもたらしている。

考えがまとまったのか、伝右衛門はやがて立ち上がった。

伊兵衛は主人といっしょに山伏のところに戻った。

「『大泉屋』のご主人でござるか。我らは、高尾山薬王院の大天狗さまの使者として参ったもの。このたび、当『大泉屋』が喜捨の名誉を賜ることになったのである。ありがたくおぼしめされよ」

山伏が野太い声で言う。

「どういうことでございましょうか」

伝右衛門は動じることなく問い返した。

「はて、今申したことをお聞きにならなんだのか」

山伏がさらに大きな声になった。

「いえ、私どもは高尾山薬王院には縁をしておりませぬが」

「これは大天狗さまが白羽の矢を立てられたものである。これもご当家の名誉」

「つまり、幾らか出せと仰《おっ》しゃるわけでございますね」

伝右衛門は口許《くちもと》に冷笑を浮かべた。

「それはご主人のお心による」

「そうですか。これ、番頭さん」

伝右衛門は伊兵衛に耳打ちをした。

伊兵衛は頷《うなず》き、すぐに帳場格子の金箱から一分金を取り出し、懐紙に包み、それを伝右衛門に渡した。

伝右衛門は改めて懐紙に包んだものを山伏に差し出した。

「なんでござるか、これは」

山伏が大きな目を剝《む》いた。

「私どもの気持ちでございます」

「大天狗さまの名代《みょうだい》でやって来ている者に、いささか失礼ではござらぬか」

「金額にご不満があるというのでございますか」

「これだけの商売をやっているのであれば、それに相応《ふさわ》しい喜捨を致すのが当然ではあるまいか」

「では、いかほどならばご納得いただけるのでしょうか」

「されば、これまでの喜捨をしたお店では最低一両。多くて五両」

「ご無体な」

「何、無体だと?」

「失礼ではございますが、私も商人でございます。御利益《ごりやく》があるのかどうかもわからぬものに縁はしたくはございません。どうぞ、お引き取りを願います」

伝右衛門は毅然《きぜん》とした態度をとった。

「なに」

山伏の顔に朱が差した。

「我ら、大天狗の使者を追い返すというのか」

「いえ、私どもがお出し出来る気持ちはこれだけでございます。これだけでも、十分な額だと考えますが」

「無礼もの。大天狗さまの怒りに触れてもよいのか」

「なぜ、お怒りになるのかわかりませんが」

「ならば仕方ない。大天狗さまにありのままを告げることに致す」

山伏が憤然として踵《きびす》を返した。

店から、山伏が出て行ってから、

「旦那《だんな》さま。だいじょうぶでございましょうか。何か仕返しをしませんでしょうか」

と、伊兵衛は不安そうにきいた。

「なあに、心配いらない。最近、深川から本所界隈《ほんじよかいわい》に、山伏姿の大男が現れていると聞いていた。どうせ、どこかの食いっぱぐれ者が高尾山の大天狗を騙《かた》って金を手に入れようとしているのだろう。ああいう連中はこっちが弱気に出ればつけあがるが、強く出れば、尻尾を巻いて逃げて行くものだ」

それでも伊兵衛は一抹の不安を感じたが、

「仕返しより、あとであの連中が捕まって、お白州《しらす》で大泉屋も金を出していたと白状でもされたら、恥だからね」

という伝右衛門の返事に、伊兵衛も納得した。

それにしても、伝右衛門の胆力はたいしたものだと、伊兵衛は感心した。柔和な人柄のどこに、そのような豪胆さが隠れていたのかと思うほどだ。もっとも、それだから、先代の跡を継いでから、ますます店を大きくしていくことが出来たのであろう。

その夜、五つ（八時）に、手代に戸締りの注意を与え、伊兵衛は『大泉屋』を出た。秋空にきれいな月が出ていた。伊兵衛は一年前に店から出ることを許され、近くの長屋からお店に通っている。

夕飯は店で食べて来るので、長屋には寝に帰るだけだが、それでも住込みに比べて自由があって、お店との往復も楽しかった。

八幡《はちまん》さまの裏手にある長屋に帰る途中に、色っぽい女将《おかみ》がやっている『おさん』という小料理屋がある。ときたま、帰りにその店に寄って軽く呑《の》むのが、最近の伊兵衛の唯一の楽しみだった。

伊兵衛は十二歳で丁稚《でっち》に入り、それから二十年以上、がむしゃらに働いて来た。女遊びも手慰みも、およそ縁がない。仕事一筋の人生だった。だが、その甲斐《かい》もあって、番頭になり、今では通いも許された。

いずれ、旦那の伝右衛門の世話で嫁をもらい、独立して店を持つ。それが、伊兵衛の当面の夢だった。

その夜も、伊兵衛は『おさん』に寄った。

「いらっしゃい」

女将が笑みを浮かべて迎えた。年増《としま》だが、頸《くび》が細く、細面の色白で、愛敬《あいきょう》のある女だった。

最初はふらりと入って、隅でちびちびと呑んでいるだけだったが、三度目に寄ったら、『大泉屋』の番頭だと誰かから聞いたらしく、女将の接し方が違って来た。『大泉屋』の番頭というだけで、絶大な信用を与えたようだった。

それからは、伊兵衛は店に寄るたびに歓迎された。

「きょう、店に高尾山の大天狗の使者というのがやって来てね」

たまたま他に客がなく、伊兵衛は新しい徳利を持って来た女将に話しかけた。

「えっ、伊兵衛さんのお店にも現れたんですか」

「おや、女将は知っているの？」

猪口《ちょこ》を差し出し、女将の酌を受けながらきき返した。

「ええ。そんな話を、お客さんがしていました」

「最初は驚いたよ。なにしろ、六尺は優に越えているんだ。いや、七尺（約二百十二センチ）近くはあるかもしれない。そんな大男が店先に立っていたんだからね」

「お金目当てなんでしょう」

「そうだ。高尾山の天狗の使者だと言っているが、たかりだろう」

「でも、そんな大男ってどんな人間なのかしら」

「ひょっとして、相撲《すもう》上がりかもしれないな」

相撲取りで身持ちのよくないものは親方に破門されたあと、どこに食い扶持《ぶち》を求めて行くのか。

「お相撲さんの世界もたいへんでしょうしね」

「ああ、相撲取りに群がっている連中なんて汚い手を使っても……」

伊兵衛はそこで言葉を止めた。

「なに？」

「いや。私はあまり相撲は好きじゃないんだ」

そこに、ふたり連れの印半纏《しるしばんてん》の男が入って来て、女将の注意がそっちに向いた。

急に寂しい気分になって、伊兵衛は立ち上がった。

勘定を置いて、女将に見送られて、長屋に引き上げた。


翌朝早く、伊兵衛は店に行った。

冬木町の角を曲がって、伊兵衛は我が目を疑った。

『大泉屋』の店先に岩のような大きな石がでんと置かれていた。伊兵衛はあわてて駆け寄った。石の傍《そば》に、小僧や手代が茫然《ぼうぜん》自失の体《てい》で立っていた。

「どうしたんだ、これは？」

伊兵衛は手代や小僧たちに向かって声をかけた。

「あっ、番頭さん」

手代がほっとしたような表情で、

「今朝、起きたら、こんなになっていたんです」

と、狐《きつね》につままれたような顔で言う。

「ともかく、早くどかしなさい」

伊兵衛は急《せ》かしたが、手代は困惑ぎみに、

「私どもでは無理です。びくともしません」

と、答えた。

「無理?」

改めて、石の巨大さに思い至った。

高さ六尺（約百八十二センチ）、横幅も八尺（約二百四十二センチ）以上はあるに違いない。重さも五十貫目（約百八十八キロ）以上はあるだろうか。御影石《みかげいし》で、どこぞの庭石ではないかと思われた。

主人の伝右衛門が出て来た。

「騒々しいではありま……」

伝右衛門の声が止まった。

「なんですか、これは?」

「今朝起きたら、こうなっていたそうです」

伊兵衛は説明し、

「何人でかかってもびくともしないようです」

うむと唸《うな》ってから、

「そうだ。仲町の樽《たる》屋さんのところの叉八《またはち》という奉公人に来てもらいなさい。江戸一番の怪力と呼ばれている男だ」

「叉八の噂《うわさ》なら聞いたことがあります」

酒問屋の樽屋まで、伊兵衛は手代を走らせた。

叉八は力自慢で、両手を上げて支えた戸板の上に都合六人のおとなの男を乗せて歩き回って、周囲の人間を驚かせたことがあった。

その叉八なら動かせるだろう。

それから一刻（二時間）後に、叉八がやって来た。ずんぐりむっくりの体つきだが、肩や腕に何かが張りついているように気味が悪いほど筋肉で盛り上がっている。

叉八は巨石を見て、困惑した顔をした。

が、諸肌《もろはだ》を脱ぎ、石の周囲をまわって、やがて立ち止まり、手に唾《つば》をつけて、しゃがんだ。

石の出っ張り部分に手を入れ、腰を屈《かが》めて、えいっと気合を込めた。

が、石はびくともしなかった。手を離し、叉八は大きく深呼吸をしてから、再び挑戦をした。えいと力を込めて、叉八は踏ん張った。すると僅《わず》かに石が動いた。叉八の顔が紅潮してきた。

しばらく、叉八の唸り声が聞こえていたが、それ以上、石は動かず、やがて叉八は手を離した。

「申し訳ねえ。俺には無理だ」

叉八は呟《つぶや》くように言った。

やはり、天下の力持ちも、この大石をどかすことは無理らしい。

「大勢で、丸太を使って動かすしかありませんか」

伊兵衛は顔をしかめた。

庭師に頼んだって人手を集めるのに時間がかかろう。日雇いの者たちを使って石を動かすにしろ、それだけのひとを集めるにも時間がかかる。きょう一日では無理だ。

この巨石は、客が店に入るのを邪魔している。この石のおかげで、商売が出来ないことになる。

「旦那さま。やはり、これはきのうの高尾山の大天狗の使者を名乗った者の嫌がらせに違いありません」

「おそらくそうだろう。それにしても困った」

なんと言う卑劣な奴らなんだと、伊兵衛は腸《はらわた》が煮えくり返ったが、それにしても、奴らはどうやってこの石をここまで運んで来たのだろうかと不思議に思った。

「あのひとなら動かせるかもしれません」

突然、叉八が思いついたように言った。

「おまえさんより力持ちがいるのかね」

伝右衛門が訝《いぶか》しげにきいた。

「はい。今、評判の佐平次《さへいじ》親分をご存じですかえ」

「ああ、たいへんな評判だ。滅法、いい男だとか」

「へえ。その佐平次親分に次助《じすけ》という子分がおりやす。この次助という男の怪力は俺以上だ。お願いしてみたらいかがですか」

佐平次親分か、と伊兵衛は合点した。子分に、相撲取りのような大男がいると聞いている。

叉八が言うからには、相当な怪力の持主に違いない。

「よし。番頭さん」

伝右衛門は伊兵衛に向かい、

「すまないが、おまえがじきじきに佐平次親分にお願いしに行ってもらいたい」

と、命じた。

「わかりました。では、さっそく」

伊兵衛はすぐに永代橋《えいたいばし》を渡って、長谷川町の佐平次の家に向かった。

佐平次親分は今江戸で評判の岡《おか》っ引《ぴ》きだ。歌舞伎役者にも引けをとらない男っぷりに、女子どもが大騒ぎをしていることは知っている。

もちろん器量だけでなく、岡っ引きとしての腕も達者で、これまでにも江戸を騒がせた数々の事件を解決させてきたことは瓦版《かわらばん》でも紹介されている。人柄も清廉潔白で、弱きを助け、強きをくじく。男の中の男だと、もっぱらの噂。

人形町通りにある佐平次の家に行ってみたが、やはり佐平次は外に出ていた。すると、通りがかりのひとが、佐平次親分は米沢町の自身番にいたと教えてくれた。

伊兵衛が米沢町へ向かう途中、薄い紺の股引《ももひ》きに、青地の小紋の着物を尻端《しりはし》折《よ》りし、ふたりの子分を従えて、さっそうと歩いて来る岡っ引きに気づいた。

その後ろには、細身だが筋肉質の体で削《そ》いだような鋭い顔つきの男と相撲取りと見紛《みまが》う巨軀《きよく》の男がついて来る。

佐平次親分だと、伊兵衛は夢中で駆け出した。

二

すすき売りの男を追い越して、前方から走って来る番頭ふうの男を目に止めた。佐平次の名を叫びながら走って来る。

佐助《さすけ》が足を止めると、平助《へいすけ》も次助も同時に立ち止まった。

「佐平次親分」

番頭が息せき切って、佐助の前にやって来た。

「お願いがございます」

肩で息をしながら、番頭が言う。

「私は深川冬木町の足袋屋『大泉屋』の番頭で伊兵衛と申します」

「うむ。伊兵衛さんは急用らしいな。なんですね」

佐助は親分らしい風格で問いかける。

「はい。じつは、私どもの店の前に大きな石が置かれて困っております。仲町の酒問屋に勤める怪力で名をはせている叉八という者に頼んだのですが、いけません。で、その叉八が言うには、佐平次親分の子分の次助さんなら動かせるかもしれないと言うのです」

「なに、次助に大きな石を動かせと」

突飛な依頼に、佐助は戸惑いを隠せない。

「なにしろ、石のためにお客さんが店に入れず、商売は上がったり」

佐助が顔を向けると、次助は目顔で頷いた。

次助は身の丈は六尺を越え、目方は四十貫（百五十キロ）近い。顔は腫《は》れたように膨らんで見えるが、目は丸くて、瞳は黒くてやさしげであり、まるで赤子の目のように思える。

「次助。詳しい事情はわからねえが、大泉屋さんが困っているのを見捨ててはおけねえ。行ってくれるか」

「やれるかどうかわからねえが、やってみよう」

と、次助は指の節を鳴らした。

「佐平次親分、ありがとう存じます」

伊兵衛はほっとしたように顔を崩した。

それから伊兵衛の案内で、冬木町の『大泉屋』に向かった。

道々、歩きながら伊兵衛の話を聞いて、佐助も呆れ返った。高尾山薬王院の大天狗の使者など聞いたことがない。

ようやく、『大泉屋』にやって来た。

なるほど、店の入口を塞《ふさ》ぐように大きな石が置いてあり、奉公人などが端から体を斜めにして不自由そうに出入りをしていた。

手代が番頭の伊兵衛に近づいて来て、何事か囁《ささや》いた。伊兵衛はへえというように口を半開きにし、佐助のところにやって来た。

「佐平次親分。この石は近くの正覚寺の庭にある石だそうです。正覚寺では庭の石がなくなったと大騒ぎだったそうでございます」

「正覚寺からここまでどうやって運んで来たのか」

佐助は小首を傾《かし》げてから、

「次助兄い。こんな大きなのを動かせるのか」

と、耳元に口を寄せてきいた。

「やってみるしかない」

次助が厳しい顔で言った。

佐助は平助の顔を見た。が、平助は落ち着いていた。

「皆さん、下がって。それから、大八車は無理だ。乗せたら潰れてしまう」

次助の声に、手代たちが大八車をどかした。

「それから、厚い布を貸してもらいてえ」

伊兵衛が手代に声をかけると、手代は店の奥に引っ込み、すぐに前掛けを数枚持って来た。次助は、それでいいというふうに頷いた。

次助は諸肌を脱ぎ、前掛けを数枚まとめ、右の肩にかけた。そして、しばらく目を閉じ、何かを念じてから、石の前に向かった。

再度、石の前で瞑目《めいもく》し、やがて、片膝を立てて腰を下ろし、次助は石の端に手をかけた。いつの間にか、周囲に通りがかりの者も寄って来て、ときならぬ人垣の中、えりゃあ、と次助が気合をかけて手に力を込めた。

ぐっ、ぐっという感じで、石が動いた。おおっと、見物人の中からどよめきが起こった。石が動く。

顔を真っ赤にしながら、石を斜めに起こし、さらに押し上げて生じた隙間《すきま》に次助は肩を入れた。そして、再び、えいっという気合とともに、巨石を担ぎ上げた。

もはや人間技とは思えない。佐助は興奮から総毛立った。

肩に石を乗せて、次助は仁王立ちになった。今度は見物人は静まり返って咳《せき》一つ出なかった。

次助の足がゆっくり動いた。固唾《かたず》を呑んで見守っていた見物人からやがて大きな歓声が上がった。

正覚寺までの河岸沿いの道、およそ四十間（約七十二メートル）の距離を大石を肩に担いで歩いた。

次助は無事、正覚寺まで石を運び、元の位置に戻した。寺の住職の喜びと驚きは尋常ではなかった。

次助といっしょになって正覚寺までついて行った人々は、次助が石を置くのを待って大歓声で讃《たた》えた。

「次助兄い、すげえ。すげえよ」

佐助は興奮した。

次助の怪力は知っていたが、それが人々の役に立ったことが、佐助はうれしかった。いつも、佐助の陰に隠れ、目立たなかった次助が今人々の賛辞の的になっている。

だが、次助は照れているのか、ぶすっとした顔つきで、人々の間を縫ってやって来た。

「親分さん。ありがとうございました」

伊兵衛がやって来て、

「旦那さまがぜひお立ち寄りくださいとのことでございます」

と、店に連れて行こうとした。

「いや、あっしたち岡っ引きは皆さま方のお役に立つのが仕事。格別なことをしたわけではありません。どうぞお気遣いは無用と、ご主人にお伝えください」

佐助は丁重に断った。

「それでは、私が叱《しか》られます」

伊兵衛はなおも引っ張って行こうとした。

おそらく、大泉屋は礼金を幾らか包むつもりでいるのだろう。その礼金は喉《のど》から手が出るほど欲しいが、佐平次は清廉潔白な親分ということになっているので、そのような金を貰《もら》うわけにはいかないのだ。

本音では欲しいと思っても、鷹揚《おうよう》に辞退しなければならない。なにしろ、佐平次は理想的な岡っ引きを演じなければならないのだ。

「それより、番頭さん」

佐助は伊兵衛に向いた。

「さっき話していた、高尾山薬王院の大天狗の使者という男のことだが、もう一度確かめておきてえ」

「はい」

「ひとりは七尺近くはあろうという大男、もうひとりも六尺近い大男で、山伏の格好をしていた。そうですね」

「さようでございます」

「七尺近い大男ってことだが、履物はどうでした？　歯の高い下駄を履いていたんじゃないですかえ」

「そう言われてみれば、そうかもしれません」

その分、背が高く見えただろうが、六尺を越えていることは間違いないだろう。

「その連中は喜捨を求めた。それを断ったために、こんな嫌がらせをした。そういうことですねえ」

「はい。そういうたかりがやって来たというのは寄合の席でも話題になり、手前どもの主人の話では三軒ほどの大店に現れたそうでございます」

「その三軒はどこかわかりますかえ」

「はい。深川石島町の海産物問屋の『鳴門屋《なると》』さん、それから……」

伊兵衛は主人から聞いていたようだ。

「親分さん。改めてお礼に窺《うかが》わせていただきます」

「気にしないでいいですぜ」

佐助は笑いながら言い、伊兵衛と別れ、深川石島町の『鳴門屋』にまわった。

そこで聞いた話は、まさに伊兵衛の言うことと同じで、七尺近くはあろうという大男が店の前に立ち、六尺近い大男が店に入って来て、喜捨を願ったという。

『鳴門屋』は五両の金を支払ったという。断ったら、大男が暴れて店を潰されてしまうような不安を持ったらしい。

その他の二軒の商家にもまわり、やはり同じようなことがあったことを確かめた。

夕方になって、佐助たちは長谷川町の家に帰って来た。

「佐助、腰を揉《も》んでくれ」

夕飯を食べ、通いのおうめ婆《ばあ》さんが帰ったあとで、次助が腹這《はらば》いになった。いつもなら、うんざりした顔をするのだが、昼間の次助の活躍が頭にあるので、佐助は喜んで次助の腰を揉み始めた。

「次助兄いはすげえな。俺、改めて感心したよ」

佐助は子どものようにはしゃいだ。

「俺の取り柄は馬鹿力だけだからな」

次助は自嘲《じちょう》気味に言う。

「そんなことはねえ。それに次助兄いの凄《すご》いところは、あんなに皆が感心しているのに、ぜんぜん偉ぶらないことだ」

「佐助。それだけじゃねえ。次助の偉いところは、ひとのためになろうっていう気持ちだ。その気持ちが、あんな大石を持ち上げる力になっていたんだ」

平助が行灯《あんどん》の傍から声をかけた。

「そうだな。それにしても、よくあんな石を持ち上げることが出来るな」

「次助は自分からべらべら喋《しゃべ》るような人間ではないから、俺が話してやるが、物にはなんでもへそがあるんだ。そこを見つけて、そこに力を入れる。すると、どんなに重たい物も動くってわけだ。もっとも、だからといって、誰もが出来るってわけじゃないがな」

平助が説明した。

「まあ、物の一番弱い箇所だ。そこを衝《つ》けば、自分の能力以上のものが出せる。そいつを見つけるというのも才能の一つだがな」

「おい、佐助。手が休んでいる」

「あっ、すまねえ」

次助の体は全身が筋肉の固まりのようだ。大きな体を揉むのは相当な体力がいるし、いつもならいい加減にうんざりするところだが、きょうの佐助は畏敬《いけい》の念を持って次助の腰から肩にかけて丁寧に揉みほぐしていった。

庭からはコオロギの鳴き声が聞こえ、心地よい風が入り込んで来る。平助は、再び、書物に目を落としていた。

静かな秋の夜だ。が、その静寂を破って、格子戸の開く音がした。佐助はさっと次助から離れた。次助もあわてて起き上がった。

戸の開け方で、誰だかわかるのだ。

やがて、井原伊十郎《いはらいじゅうろう》が顔を出した。北町奉行所定町廻《じょうまちまわ》り同心で、佐平次親分の産みの親だ。父親の跡を継いで同心になった伊十郎は三十三歳になるが、未だに独り者。佐平次には女を厳禁と戒めているが、自分は無類の女好きなのだ。

「おや、佐助も次助も何をしているんだ？」

伊十郎が眉を寄せてきいた。

「物のへそか」

「別に。思い思いに過ごしているだけですぜ」

佐助は小指で耳をほじくりながら言う。

「次助を見てみろ」

伊十郎に言われたとおりに目を向けると、次助も小指を耳の穴に突っ込んでいた。

「ふん、とってつけたような真似《まね》をしやがって」

伊十郎は鼻で笑い、

「どうせ、佐助に腰を揉ませていたんだろう。子分の分際で親分に腰を揉ませるとは何事だ、と言いてえが今夜は特別だ」

おやというふうに、佐助は伊十郎の顔を見た。切れ長の目が笑っている。

「おう、次助。てえしたもんだ。おめえの噂が御番所まで届いたぜ」

「えっ、旦那。じゃあ、昼間の大石のことが」

佐助は声を弾ませた。

「そうだ。店の前に置かれた大石を近くの寺の庭まで頭上に掲げて運んだって言うじゃねえか。夕方、奉行所に帰ったら、皆その話で持ちきりだ。同心支配の与力《よりき》の旦那から、おめえが手札を与えている佐平次の子分だそうだなと声をかけられ、俺は鼻が高かったぜ。次助、よくやった」

「別に、たいしたことをやったわけじゃありませんよ」

次助は口の中でもぐもぐと言った。

「いやあ、旦那にも見せてあげたかったですぜ。なにしろ、江戸一番の力持ちという男が匙《さじ》を投げたのを次助兄いが軽々と持ち上げたんだ。そのときの、見物人の驚きの声と言ったらなかった」

佐助は興奮を蘇《よみがえ》らせた。

「そうだろうぜ。その光景が目に浮かぶようだ。さすが、俺が見込んだ三兄弟だ。美人局《つつもたせ》の三兄弟を佐平次親分に仕立てた俺の目に狂いはなかったってわけだ」

伊十郎はだんだん自分への賛辞になっていった。

「佐平次が登場してから、世間の岡っ引きを見る目も変わってきた。同心支配の与力の旦那が感嘆していたんだ。こいつは大きいぜ」

伊十郎はひとり悦に入っている。

「旦那。そんなに褒めてくれるのなら、お手当てを上げてくれませんか。きょうだって、大泉屋が謝礼をくれるというのを貰わねえで引き上げて来たんですぜ」

佐助は上目遣いに訴えた。

「だめだ」

伊十郎はじろりと険しい目をした。

佐助が何か言おうとするのを押さえつけるように、

「いいか。おめえたちは獄門になるところだったんだ。それを俺が助けてやったんだ。その上、佐平次親分として世間の注目を集めて生きていける。それだけでも、泣いて喜ぶべきものだ。その上、手当てだなんて、よく抜かせるぜ」

「お言葉を返すようですが、旦那はあっしたちのおかげでずいぶん手柄を立てて、いい思いをしているんですぜ。そのことは認めてもいいんじゃないですかえ。現に今だって、次助兄いのおかげで、旦那はいい気持ちになっているじゃありませんか」

「確かに、佐平次はよくやっている。だが、俺が期待しているのはこんなもんじゃねえ。まだまだ、不十分だ」

「なんですって」

「おや。なんだ、佐平次。その顔は?」

伊十郎の目が据わってきた。こうなると、伊十郎は依怙地《いこじ》になる。絶対に自分の非を認めようとはしないのだ。

「旦那。もういいでしょう」

平助が助け船を出した。

「これ以上、言い合ったら、お互いの感情が激して来て、最悪の事態にまでなっちまいますぜ」

「最悪の事態だと?」

「旦那だって、急に佐平次がいなくなったら困るでしょう。それに、俺たちはもう佐平次親分になりきっているんだ。それを今さら獄門にするというには世間の目がうるさいんじゃないんですかえ。じつは美人局の小悪党三兄弟だと言ったところで、世間は信用しますかねえ。いってえ、旦那の言い分と、佐平次親分の言い分の、どっちを信じると思いますかえ」

「なにを」

伊十郎は唇をひん曲げた。

「旦那。手当てを上げるのがいやなら仕方ねえ。だが、次助よくやったと褒めるなら、これで酒でも買って呑めと、幾らか寄越すってのが、ひとをうまく使うこつじゃねえんですかえ。旦那のように、いつも何かと言えば、獄門だと、そうやって威《おど》して使うばかしじゃ人間は反発するばかりですぜ」

「ちっ」

伊十郎は反発しかけたが、すぐに懐に手を突っ込み、財布を取り出した。

「平助の言うとおりだ。これ以上揉めても、お互いのためによくはない」

伊十郎は折れたように言う。

「おい、次助。きょうはご苦労だった。これで、酒でも呑め」

伊十郎は一両を次助の前に放った。

「旦那。すいやせん」

佐助はにこやかに言った。

「ちっ。現金な奴だ」

伊十郎は顔をしかめ、

「邪魔したな」

と、部屋を出て行こうとした。

「あれ、旦那。もう帰るんですかえ。お茶でもいれますぜ」

「もういい。それより、高尾山の大天狗を騙った連中をこのままにしておくのはよくねえ。世間を騒がせただけじゃなくて、このままのさばらせておいては、次に何をやり出すかわからねえからな」

伊十郎は切れ者の同心の顔になって続ける。

「なにしろ、あの連中も力の強い男であることは間違いない。ふたりがかりで、石を運んだにせよ、そういう怪力の持主がふたりもいるというのはちと不気味だ」

「いや。あの石はふたりで運ぶのは無理だ。かえって運びづらい」

次助が口をはさんだ。

「というと、次助のような怪力の持主がいるってことか」

伊十郎が呆れたようにきく。

「おそらく」

「さっきの、へそ」

佐助は石のへそのことを思い出してきいた。

「へその場所を探り当てられる者がいるってことか」

「わからねえ」

そう答えたのは平助だ。

「わからねえって、どういうことだ?」

「世の中は広い。次助はある意味では、あの石を運ぶのに、石のへそを摑《つか》むという技を使った。言わば、技で石を持ち上げたのだ。だが、技を使うのではなく、ほんとうに怪力で、持ち上げたのかもしれねえ」

「次助兄いみたいな怪力の持主がいるってのか」

佐助は背筋に冷気が走ったような気がした。

「その可能性もあるってことだ」

「いずれにしろ、怪力の持主に江戸で暴れられたら事だ。奴らのことを、よく調べておくんだ。いいな」

結局、伊十郎は座敷に腰を下ろすことなく、そのまま部屋を出て行った。

ふと、次助が遠くを見るように目を細めていたのに、佐助は気づいた。

三

翌日、佐助たちは高尾山薬王院の大天狗の使者という大男の目撃者を探して、深川一帯を歩き回った。

その夜、成果がなく、長谷川町の家に帰ると、しばらくして、大泉屋の番頭の伊兵衛が訪ねて来た。

佐助が出て行き、

「伊兵衛さんじゃありませんか」

「親分さん。先日はありがとう存じました。どうぞ、これをお受け取りください」

そう言って、角樽と金子《きんす》の入っているらしい懐紙の包を置いた。

「伊兵衛さん。困ります」

佐助は押し返した。

「いえ、手前どもの主人も、お礼をしないんでは気がすまないと申しております。どうぞ、お受け取りを」

「ほんとうは受け取らないことになっているんですが、それほど仰しゃるなら。ただし、こいつだけいただいておきます」

角樽を受け取り、懐紙の包は押し返した。

後ろから次助が出て来て、

「番頭さん。あれぐれえのことは、あっしにはてえしたことじゃないんですから、気を使わないでくだせえ」

と、遠慮した。

結局、角樽だけを受け取り、伊兵衛が帰ったあと、次助はさっそく樽を割って呑み始めた。

翌日も深川から本所にかけて聞き込みを続けたが、手掛かりは摑めず、そうやって十日経《た》った八月二十四日になって、ついに手掛かりがあった。

御竹蔵沿いにある辻番《つじばん》小屋の男が、件《くだん》の山伏を目撃していた。

「あまりにでっかい男だったので、ずっと見ていた。石原町のほうに向かった」

その男の言うように石原町でも手掛かりがあった。七尺近い大男の姿はさすがに目立ち、何人かの人々が目撃をしており、どうやら、吾妻橋《あづまばし》のほうに向かったことがわかった。

三人は吾妻橋までやって来た。橋を渡ったとは思えず、だとすれば水戸家の下屋敷の前を通って寺島村に向かった可能性があった。

田畑が広がり、所々に杜《もり》が見える。秋の日暮れは早く、もう西の空が茜色《あかねいろ》に染まっていた。

初雁《はつかり》が鳴いて飛んで行く。

「きょうのところは、ここまでだ。また、明日にしよう」

平助が立ち止まって言った。

三人は引き返した。隅田川沿いを下り、両国橋を渡って、長谷川町の家に帰って来ると、土間に客が待っていた。

戸の音に気づいた男は振り向いて、

「佐平次親分」

と、声をかけた。

「あっ、『大泉屋』の旦那ではございませんか」

主人の伝右衛門だった。

「どうしました、また何かありやしたか」

いつもなら、番頭の伊兵衛がやって来るのに、大泉屋がじきじきに顔を出したというのは何かまた起こったのだと、佐助は覚えず緊張した。

「それが、妙なことに」

大泉屋は困惑ぎみに、

「じつは番頭の伊兵衛がきのうから戻って参りません」

と、柔和な顔を曇らせた。

「戻って来ない？」

きのうと言うと、八月二十三日だ。

「はい。きのうの昼過ぎに米沢町まで使いに出た切り、戻って来ないのです。ひょっとして、どこかで寄り道をしているのではないかと思いましたが、夜になっても帰って来ず、きょう一日待ってみましたが、結局帰って参りませんでした」

「伊兵衛さんは、確か通いの番頭さんでしたね」

「そうです。長屋にも帰っていないのです」

「自分から失踪《しっそう》するという理由はないのですね」

「ありません。荷物もそのまま残っておりますし、悪い仲間と付き合っているようなこともないのです」

「女はどうですか。どこぞに馴染《なじ》みの女がいたとか？」

「いいえ。伊兵衛は堅い男でして、今まで妙な噂が立ったこともありません」

伊兵衛の顔を思い出してみたが、確かにうわついたところのあるような男には見えなかった。

「今まで、このようなことは？」

平助が横合いからきいた。

「いいえ、まったくありません」

「妙ですね」

ふと、佐助は胸に何か重たいものが流れ込んで来たような気がした。

高尾山の大天狗の使者と称した男のことだ。大泉屋の店先に大石を置くという嫌がらせをしたものの、次助にあっけなく片づけられた。そこで、今度は番頭の伊兵衛に災いを与えた。

だが、大石を置いたのが大天狗の使者の男だというはっきりした証拠があるわけではなく、伊兵衛の失踪の件でも迂闊《うかつ》には断定出来ない。

しかし、状況的には、大天狗の使者の男たちに疑いを向けざるを得ない。

「伊兵衛さんが行ったというのは米沢町のどちらですかえ」

平助に目で促され、佐助がきいた。

「はい。履物店の『仙石屋』さんです」

「履物店？　お得意さんなのですかえ」

「はい。『仙石屋』さんには奉公人がたくさんおられ、足袋はすべて私どものを使っていただいております。それだけではなく、履物に合わせた足袋を私どもより取り寄せてお売りくださっています」

「すると、伊兵衛さんの用というのは集金か何かで」

「はい、さようで」

ふと、大泉屋の声が小さくなった。

「いかほど？」

「三十両でございます」

「三十両を持ったまま、伊兵衛さんの行方がわからなくなったというのですね」

「伊兵衛がまさか、そんなばかな真似をするはずはありません」

『大泉屋』は伊兵衛が三十両を持ち逃げしたという可能性を真っ先に否定したあとで、表情を曇らせた。

「ええ。あの伊兵衛さんが金を持ち逃げしたとは思えません。こいつは、やはり事件に巻き込まれたかもしれませんね」

「親分さん。どうか、伊兵衛を助けてやってください。伊兵衛にはいずれ独立させて店を持たせることになっていたのです」

大泉屋は訴えた。

「わかりやした。明日、『仙石屋』を訪ね、そこからの伊兵衛さんの足取りを辿《たど》ってみましょう」

「どうぞ、お願い申し上げます」

大泉屋伝右衛門は不安そうな表情で帰って行った。

「兄い。どう思う?」

佐助は大天狗の使者という山伏のことを頭にしながらきいた。

「ともかく、明日だ」

平助はぐっと顎を引いて言った。その仕種から、伊兵衛の不幸を予感しているように思えた。

翌日、三人は米沢町にある『仙石屋』に顔を出した。

本瓦葺《ほんかわらぶ》きの大きな土蔵造りの建物で、高級な履物を売っており、武家の婦女や商家の内儀ふうな客の姿が見えた。

客に女が多いので、佐助は横手の玄関にまわり、出て来た女中に、仙石屋への取り次ぎを頼んだ。

女中は佐平次にまともに顔を見られ、恥ずかしそうに俯《うつむ》きながら奥に消えた。

しばらくして、五十年配で、肩幅が広く、胸板の厚い男がやって来た。商家の主人にしては、精悍《せいかん》な顔立ちだった。

「てまえが主人の仙右衛門《せんえもん》でございます。ここでは、何でございますから、どうぞこちらへ」

客間へ通そうとしたが、すぐ終わるからと遠慮し、

「『大泉屋』の番頭伊兵衛さんのことでお訊《たず》ねしたい」

と、佐助は切り出した。

仙右衛門は表情を曇らせた。

「番頭さんはまだ戻らないのですか」

きのう、大泉屋の主人から問い合わせがあって驚いたのだと、仙右衛門は答え、

「伊兵衛さんは、一昨日の午後にやって来られました。はい、集金でございます。三十両、確かにお渡しいたしました。受け取りもございます」

「すぐ帰られたのですかえ」

「はい。お茶をお呑みになってお帰りになりました」

「帰るとき、どこかに寄るようなことを言っていましたかえ」

「いえ。何も」

いかにも不思議だというように、仙右衛門は小首を傾げた。

「伊兵衛さんに変わった様子は?」

「いえ、いつもとまったく変わりはございませんでした。ただ、高尾山の大天狗の使者が

やって来た話を手振り身振りで話してくれましたね」

「大天狗の話題になったのですか」

「はい。なにしろ、『大泉屋』さんの店先に大石が置かれていたという噂は、私どものお客さまの中でも評判になっております」

「なるほど。こちらには、そのようなものは、現れてはいないのですね」

「はい。来ておりません」

「この近辺で、そういう連中が現れたという話はおききになっていませんか」

「いいえ。この近所ではないようです」

佐助が頷いてから、

「で、伊兵衛さんは、その大石を置いたのは誰だと言っていたんですね」

「それはもう大天狗の使者の男に間違いないと」

「なるほど」

「そうそう、そう言えば、大石をどかしたのは親分さんのところの次助という子分さんだそうで?」

「ええ、そうです。うちの次助です。そうか、伊兵衛さんはそんな話もしていたのですね」

「はい。よほど感心したのでございましょう。じつは、私も若い頃は力自慢のほうでして、祭りのときの力持ち比べではいつも一番だったのです。そのことを、伊兵衛さんは知っておりますので、その大石を担いだ子分さんのことを夢中で話されたのだと思います」

なるほど、若い頃は力自慢で鳴らしたという俤《おもかげ》は、今でも残っていた。

「すると、伊兵衛さんにはまったく普段と変わることはなかったというわけですね」

「そういうことでございます」

「仙石屋さんは、伊兵衛さんの失踪をどう思いますね」

佐助は改めてきいた。

「その話を聞いたとき、ひょっとして伊兵衛さんは集金の金をどこかに落としてしまい、それでお店に帰れないのではないかと思いました。あの真面目《まじめ》な番頭さんが悪い料簡《りょうけん》を起こすはずがありませんから」

「なるほど。そういうことも考えられますねえ」

佐助はそう答えたが、このことは平助がすでに否定していた。

まず、しっかり者の番頭の伊兵衛が金をなくすということは考えられない。よしんば、金をなくしたとしても、伊兵衛はそのことを正直に話すか、あるいは自分の金で埋め合わせするのではないか。伊兵衛ぐらいなら、そのぐらいの貯《たくわ》えはあるであろう。

三十両ばかりの金で、伊兵衛が店から独立出来る機会を棒に振るとは考えられない。

だとすれば、なにかしらの事件に巻き込まれた可能性が強い。それが、平助の考えであり、そしてきょうで三日目になるとすると、伊兵衛の身に何か悪いことが起こっていると思わざるを得ないと、憂わしい表情で言った。

その他にもいろいろ確かめたが、とくに手掛かりとなる話はなく、佐助は『仙石屋』を辞去した。

　めっきり秋の空になっていた。

　佐助たちは、おそらく伊兵衛が辿ったであろう道を米沢町から両国広小路《ひろこうじ》に出て、両国橋を渡った。

　人出も多く、二日前の何の特徴もない中年男の伊兵衛を覚えている人間とてなく、見当をつけて両国橋を渡った。

　道々、すれ違った女たちは佐平次の佐助に対して熱い視線を送って来たが、男たちの視線は次助に向かっていた。

　大きな石を担いだという噂はたちまち次助を英雄にしている。

　佐助は自分に集まる視線を気取って受けるが、次助はまるでいたずらが見つかった子どものように身を竦《すく》めている。

「次助兄いは英雄なんだからもっと堂々としていいんだぜ」

　佐助は囁くが、次助は俯いたままだ。

『大泉屋』に至る道すがら、橋番屋や橋を渡り切ったところで商売をしている占い師に、二日前の昼下がり、何か変わったことがなかったかと訊ねてみたが、何の異変も感じていなかった。

　伊兵衛が立ち寄りそうな場所はないという。が、途中で誰か知り合いに会い、水茶屋で休んだということも考えられるので、念のために回向院《えこういん》の前にある水茶屋に当たってみた。どの水茶屋でも、伊兵衛の記憶はなかった。

結局、冬木町の店の前までやって来たが、伊兵衛の痕跡《こんせき》を見つけることは出来なかった。

今度は奉公人から話を聞こうと、大泉屋に入ろうとしたとき、店から長蔵《ちょうぞう》が出て来た。

「おう、佐平次か」

「長蔵親分。どうしてここへ?」

佐助は驚きと戸惑いがいっしょになっていた。

長蔵は口許に冷笑を浮かべ、

「ここの番頭が集金の金を持ったまま行方を晦《くら》ましたって小耳にはさんでな。それで、事情を聞きに来たのよ」

「でも、どうして、それほど熱心に?」

「佐平次は知るまいがな。今月の初め、北十間川で深川森下町にある『木曾屋』の手代の死体が発見されたんだ。そこに来て、今度は大泉屋の番頭だ」

「それが、何か関係があるんで?」

「ふん。話すのもかったるいぜ」

長蔵は露骨に顔をしかめた。

「まさか、『木曾屋』の手代も店の金を持ったまま行方を晦ましていたって言うんじゃ?」

平助が口をはさんだ。

「その、まさかよ」

長蔵が得意気に鼻の頭を指でかき、

「『木曾屋』じゃ、世間体を慮《おもんぱか》って手代の失踪を隠しておこうとしたんだ。だが、手代が行方不明だということが俺の耳に入ってな。それで、木曾屋に行ってみた。すると、手代の吉松《よしまつ》が売掛金をとりに行った帰り、行方不明になったと、奉公人のひとりが話してくれたのよ」

「で、その手代は殺されていたのか」

「川に投げ込まれていたんだ。殺されて棄《す》てられたに決まっているじゃねえか。じゃましたな」

長蔵は足早に去って行った。

店に入ると、大泉屋の主人がまだ引き下がらないでいた。長蔵とのやりとりが聞こえて来たので、待っていたようだ。

「長蔵親分は伊兵衛のことをききにきたようですねえ」

「はい。なんだか、根掘り葉掘り」

「で、どんなことをきいていましたかえ」

「伊兵衛にどこかに馴染みの女がいるのではないかとか、よく出かける岡場所があるのではないかとか」

「どうお答えを?」

「伊兵衛はいたって堅い男ですから、そういうことはありません、と」

「で、長蔵はなんと?」

「そういう種類の男は、他人に隠れて遊んでいるものだと決めつけていました」

長蔵らしいと、佐助は内心で思い、

「で、長蔵親分は素直に引き上げたんですかえ」

「はい。一年前から通いの番頭になって、八幡裏の長屋から通っていると話しましたら勇んで引き上げて行きました」

「勇んで?」

「はい。近々、下手人をしょっぴいてやるから待っていろと」

佐助は平助と顔を見合わせてから、

「長蔵親分の言う下手人かどうかは別として、やはり伊兵衛さんは事件に巻き込まれた可能性が強いようですね」

「そうですか。長蔵親分も言っておいででした。残念ながら、伊兵衛はもう生きちゃいねえだろうと」

その点は長蔵と同じ意見だった。

その後、念のために奉公人からも話を聞いたが、伊兵衛に失踪する理由はないと、皆が一様に答えた。

大泉屋を出てから、伊兵衛の住んでいた長屋に行ってみた。長蔵が来ているかもしれないと思ったが、長屋はひっそりとしていた。

大家の家を訪ねると、伊兵衛が二日前から帰って来ないと、大家も心配していた。長屋の住人も、伊兵衛に浮いた噂があるとは思えないと異口同音に言った。

ただ、住人のひとりが、『おさん』という小料理屋で、伊兵衛をときたま見かけると言った。

伊兵衛がそういう場所に行くというのは意外であり、佐助も伊兵衛には別の顔があるのかと、『おさん』の場所を聞いて飛んで行った。

まだ、暖簾は出ていなくて、戸を開けて入って行くと、女将らしい色っぽい年増が仕込みの手を休めて板場から店のほうを見た。

「佐平次親分さんですね」

女将は娘のような声を出して飛び出して来た。

「手を休ませちまってすまねえ。ちっとききてえことがあってな」

佐助は気取って言う。

「あら、じゃあ、外にいるのが、あの石を運んだ次助さん」

女将が外に目をやった。

「女将も知っていたのかえ」

「そりゃ、もうたいへんな噂ですもの」

「そうかえ」

佐助もうれしくなった。自分の評判が高いというのは当たり前になっていて何とも思わないが、次助の評価が高いのは自分のこと以上にうれしかった。

「『おさん』という名は女将さんの名かえ」

「いえ、おっ母さんの名なんです」

「ほう、おっ母さんの？　で、おっ母さんは？」

「子どものとき別れた切り。生きているか死んでいるか、わかりません。でも、おさんという名前に、いつかふいにここに顔を出すんじゃないかって」

女将が目尻を濡《ぬ》らした。

「よけいなことを聞いちゃったようだな」

「いえ、親分」

「じつは、きょう来たのは、『大泉屋』の番頭の伊兵衛のことなんだ」

「そう言えば、伊兵衛さん、この四、五日、顔を見せませんね。伊兵衛さんに何かあったんですか」

女将は不審そうな顔をした。

「じつは、二日前から行方が知れないんだ」

「えっ。あの伊兵衛さんが」

女将は半開きの口に手を当てた。

「うむ。伊兵衛はときたまここに寄っていたそうだな」

「はい。三日に一度の割でやって来ました。いつも、お店の帰りに」

「ここの客で、伊兵衛と親しくしていた者はいるかえ」

「いえ。伊兵衛さんはいつも隅で仕事の疲れを癒《いや》すように、ひとりでお酒をちびりちびり呑んで、半刻足らずでたいてい引き上げます。ですから、誰とも口をきいたことはありません」

「へんなことをきくが、女将さんにのぼせ上がっていたってことは？」

「ありませんよ。あのひとの頭の中にはお店のことしかなかったみたい。それに、いずれ独立して店を持つことが、あのひとの夢。そのために頑張っているようでした」

「そうか」

やはり、伊兵衛の事情から犯罪に結びつくものは出て来ない。

「邪魔したな。また、何かあったら寄せてもらうかもしれねえが」

「親分。今度、ゆっくり呑みに来てくださいな」

「わかったぜ」

佐助は外に出た。

次助が待っていた。

ひょっとして、伊兵衛は米沢町から冬木町の店に戻るのに両国橋ではなく永代橋を渡ったことも考えられるので、三人は永代橋を渡って戻った。

そして、道々にある自身番や木戸番に訊ねたが、やはり二日前に何も変わった事はなかったという。

米沢町に戻って来た。そして、再び両国橋に辿り着いた。両国橋を渡って本所へ、本所から深川に出て永代橋を渡り、浜町を抜けて米沢町から両国橋へと、ちょうど一周して来たことになる。

この間、伊兵衛の手掛かりは皆無だった。

橋の上に立つと、西の空が茜色に染まっていた。

「念のために、今度は神田や蔵前通りのほうを当たってみるか」

と、平助が言った。

四

翌日、朝餉《あさげ》を終えて、くつろいでいると、格子戸が開いて誰かが叫んでいた。

次助が出て行った。

「おう、井原の旦那の」

井原伊十郎の若党だった。

「旦那からだ。また、大石だそうだ。神田花房町にある古着屋の『生駒屋《いこまや》』だ。わかったか」

「へ、へい」

次助の声が答えている。

次助が戻って来て、

「聞いた通りだ」

と、呟いた。

「よし、行こう」

佐助は張り切った。また、次助の怪力に世間のひとがびっくりする様が想像されて、覚えずにやついたのだ。

なぜか、ぐずぐずしている次助に、

「次助。また、おめえの力が必要なんだ」

と、平助がせっつくように言った。

長谷川町の家を飛び出し、人形町通りをまっすぐ神田川に向かった。

和泉橋を渡り、今度は川沿いを西に向かうと、やがて花房町にやって来た。

おっと声を上げ、佐助は立ち止まった。『生駒屋』の前に人だかりがしている。何事かと思えば、皆次助の怪力目当ての見物人だとわかった。その中に、読売屋がいるのに気づいた。また、瓦版に載せるのだろう。

「俺は見世物じゃねえ」

次助が不満を口にした。

「そう考えるものじゃねえ。人助けだ」

平助が次助を諭す。

佐助がひとをかき分けて店の前に行くと、ばかでかい庭石がでんと店の入口を塞ぐようにして置いてあった。

佐助は啞然《あぜん》とした。この前よりも大きい。

「佐平次、待っていたぜ」

巻羽織に着流しの井原伊十郎が近寄って来た。

「旦那。こいつはいってえ、どういうわけで」

佐助がきいた。

「きのう、高尾山の大天狗の使者って男が『生駒屋』に現れたそうだ。案の定、喜捨を要求しやがった。それを断ったところ、使者という男が、この家に災いがあると威した。朝起きてみたら、ここに石が運び込まれていたというわけだ」

「やはり、その連中ですね。で、この石はどこから」

「『生駒屋』の庭石だ」

「庭から?」

「こっちだ」

伊十郎が案内した。

伊十郎に従い、裏にまわってみると、塀が壊されていた。そこから中に入ると、土蔵があり、その奥に広い庭があった。

池の周囲に一ヵ所だけ、間が抜けたように空間が出来ていた。そこにあった庭石のようだった。

店の前に戻った。この前より運ぶ距離は短いが、石は大きいのだ。

「次助、頼んだぜ」

伊十郎が呑気《のんき》に言う。

だが、佐助は心配になった。いくら次助でも、これは大き過ぎる。そう思うと、いっそう頑丈そうな石に思えた。

それにこの野次馬だ。次助は晴れがましいことの嫌いな男だ。こういう大勢の目に見守られて、果たして自分の力が発揮出来るだろうか。

平助の顔を見ると、平助の表情も少し曇っているように思えた。何を思ったのか、平助が次助の傍に行き、何事か囁いた。

次助は小さく頷いた。

前回と同様に、布を用意してもらった。店の者が晒《さらし》をまとめて持って来た。

次助は手拭《てぬぐ》いを取り出し、自分で目隠しをした。野次馬がざわめき出した。次助の行為に驚いているのだ。どうやら、野次馬を自分の目から遮断するためのようだ。

雑念を払うように次助はしばらく立ち尽くし、やがて諸肌を脱いだ。そして、前回と同様に厚手の晒を肩にかけた。

次助は手拭いをとった。ふうと膨らませた口許をすぼめて息を吐き、心気を整えて、静かに腰を落とした。

この前と同じように、次助は石の端に手をかけ、静かに力を込めた。石が浮いた。その隙間にさらに腕を入れると、大きな石が動いた。

そして、凄《すさ》まじい気合もろとも肩を入れた。次の瞬間、大きな石が浮かんだ。見物人からどよめきが起こった。

一歩ずつ慎重に足を前に出しながら、次助は石を担いで庭に向かった。次助の顔は真っ赤になっている。

庭に入り、元の場所に石を置いた。

さすがの次助も肩で息をしていた。

「次助。よくやった。いやあ、たいしたものだ」

伊十郎がはしゃいでいる。

「行こう」

次助は着物を整えて言った。

「少し、休まなくていいのか」

佐助が気にして言う。

「別にどうってことはねえ」

次助が無表情に言う。

「おう、佐平次。『生駒屋』の旦那が労《ねぎら》いたいそうだ」

伊十郎が大きな声で呼んだ。

「いえ、旦那。あっしたちは結構で」

佐助は断った。

「いいじゃねえか。俺もいっしょなんだ」

「でも、大泉屋さんで断っておいて、こちらだけお呼ばれするってわけにはいきません」

平助が口をはさんだ。

「それに、大泉屋の番頭伊兵衛が行方不明になっているんです。のんびりしていられません」

「うむ。それもそうだな」

平助が佐助の耳元に口を寄せ、

「野次馬の中に、仲間がいるかもしれねえ。誰でもいい。気になるような者がいたら、顔や背格好を覚えておくんだ」

と、囁いた。さらに、平助は次助にも同じことを告げた。

佐助はさりげなく顔を向ける。何十人といる野次馬の中から怪しい人間を見つけるのは至難の業だ。

女を除いて、職人や商人ふうの者たちに混じって、遊び人ふうの男も何人かいたが、果たして大天狗の仲間かどうかはわからない。

ひとり去り、ふたり去りと、野次馬は散って行き、人だかりも少なくなって行った。主に残っているのは年寄りや女たちだ。

その者たちもやがて踵を返して行った。その中で、妙に真剣な眼差《まなざ》しの二十歳ぐらいの女がいた。が、その女も、やがて去って行った。

野次馬が散ったあと、

「奴ら。次助と張り合っていやがるのかな」

と、平助が難しい顔で言った。

佐助は、二十歳ぐらいの女が気になった。自分に熱い眼差しをくれる女の中で、あの女だけは次助に視線を向けていた。

五

おさとは『生駒屋』の前から離れたが、途中で、もう一度、さっきの体の大きな男のほうに目をやった。

きょう、たまたま『生駒屋』の前を通り掛かったら、店先に大きな石が置かれて、その周りにたくさんのひとが集まって、ただならぬ騒ぎになっていた。

そこに現れたのが巨軀の男。石を担ぎ上げるらしい。その怪力の持主に興味を抱いて見ていたのだ。

やがて、その男はあの大石を持ち上げた。

見物していた年寄りに訊ねると、あれは佐平次親分のところの次助という子分だと教えてくれた。

（次助さん）

その名を、おさとは懐かしい響きで聞いた。

あのときの次助だろうか。兄の竹蔵《たけぞう》といっしょに江戸からやって来た次助なのか。当時、おさとは八歳だった。八歳の記憶の頼りなさ。それに、あれから十年以上経てば次助の顔も変わる。

わからなかった。次助が無事に庭に石を置いたとき、見物人から大喝采《だいかっさい》が起こった。そのとき、次助はぶすっとした顔をした。その照れを隠すような顔を見たとき、あのときの次助に間違いないと思った。

だが、次助がおさとのことを覚えているかどうかわからず、会いに行くのをためらった。いや、それればかりではない。次助は佐平次親分の手下になっている。岡っ引きの手下だということで、おさとは踏ん切りがつかなかったのだ。

江戸に出てきてひと月になるが、やはり兄の行方を探すことは出来なかった。おさとに残された自由になる時間はもうなかった。

やがて、おさとはもう自由のきかない身になるのだ。

江戸に来た当初、真っ先に向かったのが吉原《よしわら》だった。それから深川の岡場所、根津権現などの遊廓《ゆうかく》などに足を向けた。男なら、そういう場所で遊ぶだろうと思ってのことだ。さらに、浅草、下谷《したや》、本郷、市ヶ谷、音羽《おとわ》、新宿、芝、日本橋、深川など、その土地土地の盛り場を根城にしている地回りの顔役の家を訪ねてきた。兄が寄宿するとすれば、やくざな稼業のひとたちのところだろうと考えたのだ。

そういう顔役のところに訪ねていけるように世話を焼いてくれたのが、おさとが江戸に出るきっかけを作ってくれた、橋場の辰蔵《たつぞう》という男だった。

そうやって当てもなく探し回って来たが、きょう初めて手掛かりのようなものを得た。あの大石を店先に置いて行ったのが高尾山薬王院の大天狗の使者と称する大男だという。大男と怪力から、ひょっとしてそれは兄ではないかと、少し飛躍しているかもしれないが、そう思ったのだ。

それも、次助を見かけたからかもしれない。

それで、きょうは本所界隈を、今度は山伏姿の大男を探して回り、暗くなっておさとは福井町の徳右衛門《とくえもん》店《だな》の長屋に帰って来た。

戸障子を開けると、薄暗い土間に煙草《タバコ》の火が浮かんでいた。

「あっ、辰蔵さん」

「遅かったな。くたびれたろう」

辰蔵は丸顔の柔らかな顔つきの男だった。

「すみません。今、火をおこします」

おさとは部屋に上がり、火鉢に消し炭をくべ、火をおこした。

「どうだね、見通しは？」

兄を探す目処《めど》のことだろう。おさとは頸を横に振った。

辰蔵は煙草盆を引き寄せ、灰を棄ててから、

「もう、そろそろ潮時だと思うがな」

と、少し痛ましげに目をしょぼつかせて言う。

「それに、兄さんに会えたとしても、どうにもなるまい。なまじ会うより、このまま遠くで無事を祈っていたほうがいいという場合もある」

「会って、お父っつあんとおっ母さんの最期の言葉を私の口からきかせてやりたいんです。ふたりがどんなに兄さんのことを思っていたか、それを伝えてやりたいんです」

兄の竹蔵は子どもの頃から体が大きく、力自慢で、十歳のときにはおとな以上の体格になり、村の祭礼のときの草相撲ではおとなに混じっていつも優勝していた。

だが、それぐらいだから、飯もたくさん食べた。貧しい百姓の家にはそれだけの食糧はなく、ときには兄は庄屋の家に忍び入り、米などを盗み、そのたびに父や母は肩身の狭い思いをしてきた。

なんで、竹蔵のようなでっかい子が生まれちまったんだろう。父はよくこぼしていた。普通の子でよかったのにと、母も言った。

その親の言葉を、兄は聞いた。それから、兄は自分はうとまれていると思ったらしい。決してそんなことはないのに、兄はそう思い込んでしまった。

兄は十三歳のときに、巡業に来た大関柏戸《かしわど》に見込まれた。柏戸が我が家に兄の弟子入りのことで訪ねて来た。

小野川《おのがわ》、谷風《たにかぜ》、雷電《らいでん》に続いて登場したのが柏戸で、雷電が引退するまで、両者は東西の大関を分け合ったのだ。その柏戸の目にかなったことで、村のひとたちも大喜びだった。

お父っつあんもおっ母さんも喜んで、弟子になることを承知した。

江戸に出立する前の夜、おさとは兄に言った。

「兄さん。頑張って。おさと、応援しているから」

「まあ、俺がいなくなれば、この家も少しは楽になるだろう」

「もう、わしたちのことは忘れて、江戸で頑張れ。わしたちも、おまえのことは忘れる。いいな」

お父っつあんが兄に言った。だが、兄はその言葉を誤解していた節がある。兄は親から棄てられたのだと思ったのだ。

ともかく、兄は柏戸と共に江戸に向かった。

必ず大関になる器だと期待された兄だが、数年の後に柏戸部屋を破門になったのだ。それから、兄がどこに流れて行ったのかわからない。

兄の活躍を願いながら死んで行った父。兄が相撲の世界から追い出されたことを知らずに死んで行った母。

おさとが江戸に出る決心をしたのも、兄を探し出すためであった。会って、お父っつあんやおっ母さんのほんとうの気持ちを伝えなければ兄も救われないと思うからだった。

「お願いです。もう少し時間をくださいませんか」

おさとは辰蔵に頼んだ。

「このひと月、時間を与えたのも格別な計らいだったんだ。これ以上は延ばせねえ。先方だって、早くしてもらいてえんだ」

「我《わ》が儘《まま》を言っていることは承知しています」

おさとは訴えた。

「見通しでもあるのかえ。ないんだったら、時間の無駄というものだ」

「兄の幼友達を見つけたんです」

高尾山薬王院の大天狗の件は口に出来なかった。

「なに、幼友達？」

「はい。そのひとに会いに行ってみようと思っています」

「しかし、その幼友達が兄さんの行方を知っているわけじゃあるまい」

「はい。でも、何か手掛かりは得られるかもしれません。お願いです。もう少し、もう少し時間をください」

畳に額を押しつけるようにして、おさとは頼んだ。

辰蔵は渋い顔をして、再び煙管《キセル》を取り出した。

「わかったよ、おさとさん。あと十日待とう。いいね、十日だ」

元のような柔和な顔に戻って、辰蔵が言った。

「先方には、俺が謝っておこう」

「はい。ありがとうございます」

なんとか次助に接触してみよう。おさとは頭を下げながら、そう決意した。

六

もう九月に入っていた。佐助たちは例の山伏姿の大男の痕跡を求めて、米沢町からきょうは浅草御門に向かった。

大天狗の使者がこの近辺に現れたとなれば、偶然に伊兵衛と出会ったのかもしれない。

大天狗の使者が途中で伊兵衛と出会い、それを幸いに襲いかかり、葛籠《つづら》の中に押し込んで担いでどこかへ運んだのではないか。それが、平助の考えだった。

蔵前通りに出て、大きな荷物を持った山伏姿の大男を見かけなかったかと、聞き込みを続けた。

表通りに店を構えている乾物屋や絵草子屋の店番、そして蔵前に店を構える札差の奉公人にきいてまわった。

すると、山伏姿の男は見なかったが、葛籠を背負った大男が浅草方面に歩いて行くのを見たという者が何人か見つかった。

「兄い。怪しいな」

「なにがおかしいな」

「おかしいんだ。伊兵衛を殺してどこかに運ぶためなら何も山伏姿でいる必要はねえじゃねえか」

佐助がむきになって言う。

「それじゃ、最初から伊兵衛を殺すことを目的にしていたってことになるじゃねえか。偶然、出会ったとしたら山伏の格好じゃなければおかしい」

「じゃあ、兄いは葛籠を背負った大男は関係ねえって言うのか」

「いや。その葛籠の中に伊兵衛が閉じ込められていたに違いない。死体となってな」

平助は考えながら言う。

「ともかく、その大男のあとを辿ろう」

さらに駒形町まで行くと、蕎麦《そば》屋の女中が、葛籠を背負った大男が隅田川の土手に向かったのを見ていた。

土手に出た。大川が悠久と流れている。下流のほうに、御厩《おうまや》の渡し船が出て行き、右手には吾妻橋が架かっている。

「あの橋を渡ったな」

平助が呟いた。

向島《むこうじま》のどこかに死体を埋めたのかもしれない。

「行ってみよう」

平助が言い、佐助と次助もあとに従った。

吾妻橋を渡ると、ひんやりした風が橋の下から吹き上げて来るようだった。水田が西陽《にしび》を照り返し、白く輝いていた。白髭《しろひげ》や嬉野《うれしの》の杜のこんもりとした緑の中に、色づいた葉も目立っている。

橋を渡り切り、川沿いを上流に行くと、源兵衛《げんべえ》橋《ばし》を渡ったところに水戸家の下屋敷がある。

そのままさらに土手を行くと、今は葉桜の桜の樹が続き、三囲《みめぐり》神社に差しかかる。その神社の前の桟橋から竹屋の渡しが出ている。

その三囲神社の前の茶店で訊ねると、葛籠を背負った大男には気づかなかったが、以前に山伏姿の大男を何度か見かけていたと、茶店の親父《おやじ》が答えた。

奴らの住いがこちらのほうにあるのは間違いないように思われた。だが、そこから先の捜索は難渋した。

向島一帯の捜索は三人だけでは手に余った。大勢で聞き込みをかけなければ、手間ばかし食ってしまう、と佐助は思った。

「旦那に相談してみようよ」

疲れて棒のようになった脚を叩《たた》いて、佐助は言った。

茶店で休んでから、引き上げた。

長谷川町の家に帰って来たときはすっかり夜になっていた。

「まあ、親分。ずいぶん疲れた様子」

小さな顔のおうめ婆さんが目を丸くした。

「ずいぶん歩き回って来たからな」

「次助さん。親分の腰を揉んでやんなさいよ」

おうめ婆さんが次助に言った。

次助は頰を膨らませた。

「おや、次助さん。親分の腰を揉むのが、そんなにいやなのかえ」

「えっ。いや、そうじゃねえ」

次助はあわてた。

夕餉の後片付けが済んで、おうめ婆さんは引き上げて、兄弟三人だけになった。

「佐助、頼む」

次助が腹這いになった。

「えっ、俺だって疲れたんだ」

佐助は不平を言った。

「つべこべ言わず揉め」

佐助が顔をしかめると、

「佐助。次助は大石を運んだ疲れがまだ残っているんだ。この前のときは進んで腰を揉んであげていたじゃねえか」

と、平助が笑った。

「そりゃそうだけど」

佐助はわざとらしく深くため息をつき、次助の傍に行った。腰を揉み始めたが、こういうときにこそ、井原の旦那が来てくれないかと思っていると、いきなり格子戸が開いた。

次助もあわてて飛び起きた。あの開け方は伊十郎に違いない。佐助はあまりの間のよさにびっくりしたと同時ににんまりして、次助から離れた。

伊十郎が居間に顔を出した。

「おう、次助。この前はご苦労だったな。ほれ」

伊十郎は右手に徳利を、左手に風呂敷包を提げていた。

「これを食べて精をつけろ」

「あっ、鰻《うなぎ》じゃねえか」

佐助が声を上げた。

次助も這うように近づいて来た。

「旦那。『生駒屋』からだいぶせしめたんじゃないですかえ」

平助が冷めた声で言う。

伊十郎は一瞬いやな顔をしたが、

「まあ、せっかく買って来たんだ。やれ」

「でも、夕飯を食べたばかりだからな」

佐助が恨めしげに言うと、

「俺はもらうぜ」

と、次助が舌なめずりをした。

まだ食えるのかと、佐助は次助の大食いに呆れ返った。

茶碗《ちゃわん》を四つ持って来て、酒盛りとなった。

「それにしても、次助の怪力はてえしたものだ。そんな怪力があれば、なにも美人局なんかしなくても他に稼ぐ手立てはあったろうに」

「旦那。美人局のことはよけいでしょう」

佐助は詰《なじ》った。

「ほんとうなんだからしょうがねえだろう」

「旦那。次助は、自分の力を見世物にしようなどとは思わねえ質《たち》なんですよ」

平助が口をはさむ。

「もったいねえな。力自慢がいやなら、相撲取りになればよかったんだ。次助なら相当出世していたんじゃねえのか」

「次助は、ひとと争うことが好きじゃねえんですよ」

平助が次助に代わって言う。

「へえ。それだけの体と力がありながらか」

伊十郎は不思議そうな表情をした。

「次助兄いはおっかない顔をしているけど、根はやさしい人間なんです」

佐助も口をはさむ。

「おっかない顔だけ余分だ」

次助が佐助を睨《にら》んだ。

「さあ、兄い。たくさん呑んでくれ」

あわてて、佐助は次助の茶碗に酒を注《つ》ぐ。

「それにしても、おめえたち兄弟は皆てえしたものだ。平助は何をやらしても一角《ひとかど》の人物になる男だと、俺は睨んでいる。次助はその怪力で、相撲の世界にいたら大関は間違いなかったろう。佐助は……」

伊十郎の声が止まった。

「旦那。いいですよ。どうせ、俺には何もねえ」

佐助は拗《す》ねた。

「そんなことはねえ。おめえの、その女にも負けねえ美しさは……」

「待ってくれ。そんなものは特技でもなんでもねえ。だったら、女のほうがよかった。俺には何にもねえ」

佐助はいじけたように言いながら、本気で悲しくなってきた。ほんとうに、俺には何もねえ。そう思うと、自分が情けなくなってきた。

「世間は佐平次親分だと騒いでくれるけど、俺ひとりじゃだめだ。兄いたちの助けを借りてやっているだけだ。俺には何もねえ」

茶碗を持ったまま、佐助は俯いた。

「おや。佐助は泣き上戸だったのか」

伊十郎が戸惑いぎみに言う。

「佐助。おめえにはひとにないものがある」

平助が茶碗を盆に戻してから言った。

「俺に何があるんだ？」

「おめえには人徳があるんだ」

「人徳だって？」

「そうだ。周囲の者が皆、おめえを助けたくなる。そういう人望だ。おめえは、大将の器なんだ。だから、佐平次親分をやっていられるんだ。俺たちがいくら手助けしたって、おめえに上に立つ器量がなければ何にもならねえ。その美貌《びぼう》だけじゃねえんだ、おめえのいいところは」

「ほんとうか」

「そうだとも。それに、最近のおめえは聞き込みにしても自分ひとりの考えでやっている。だんだん、おめえ自身も成長しているんだ」

「あれは、平助兄いだったら、こういうことをきくだろうなと思ってやっているだけだ。

それに、もしきき忘れたことがあったら、平助兄いが助け船を出してくれるはずだと思うから、平気で言えるんだ。傍に、平助兄いがいなければ、俺ひとりじゃ心細くて出来やしないんだ」

「それだけ進歩したってことだ。皆、それぞれいいところもあり、欠点もある。それは俺だって次助だって同じだ。この井原の旦那だってそうだ」

「旦那の欠点は女にだらしがねえってことだな」

佐助はぽろりと口にした。

「なんだと」

伊十郎が気色ばんだ。

「それに、すぐかっとなることか」

佐助は揶揄《やゆ》するように言う。

伊十郎は酒をいっきに呷《あお》った。機嫌が悪くなったのかと不安になったが、

「兄弟っていいもんだな」

と、ぽつりと言った。

「俺は兄弟はいねえからな。うらやましいぜ」

佐助が案外な思いで伊十郎を見た。いつにない、生真面目な顔をしている。

伊十郎はさっと残っていた茶碗の酒を空けると、

「なんだか、しめっぽくなっちまったな。そろそろ引き上げるとするか」

と言って、腰を浮かしかけた。

「旦那。肝心な話があるんだ」

平助が静かに言う。

「肝心な話だと？」

「『大泉屋』の番頭伊兵衛の足取りがなんとなくわかったような気がするんです」

平助に促され、佐助は居住まいを正して言った。

「ほう」

「伊兵衛は集金の帰り、大天狗の使者と称する男とばったり出会い、おそらくひと目につかぬ場所で殺され、葛籠に押し込められてどこかに運ばれたんだと思います。もっとも、そのときは山伏姿じゃありませんでした」

「どこに運ばれたんだ？」

「蔵前通りから駒形町のあたりにかけて、大きな葛籠を背負った大男が目撃されていました。吾妻橋を渡ったことは間違いないと思います」

「向島か」

「三囲神社前の茶店の親父が、これまでに何度か山伏姿の大男を見かけておりました。あっちのほうに、奴らの塒《ねぐら》があるに違いありませんぜ」

「そうか」

「で、旦那。あの一帯を聞き込みかけてみたら、塒がすぐにわかる。人手を出しちゃくれませんか」

「うむ」

伊十郎が考え込んだ。

「旦那、どうしたんでえ」

「難しいな」

「どうしてですかえ」

「伊兵衛の失踪が奴らの仕業だと決まったわけじゃねえ。その証拠がねえんだ。大石の件も、同じだ。奴らが置いたという証拠はねえ」

「でも、奴らの仕業としか考えられねえ」

「だが、たまたま奴らが現れたのを知っていた人間が、それを利用して大泉屋に嫌がらせをしたのかもしれねえ」

「でも、生駒屋のことだってある」

「いや、それだけのことじゃ、ひとを出すには証拠が不足しているってことだ。もっとはっきりした証拠がなくちゃな」

伊十郎は佐助から平助、そして次助となめまわすように顔を眺め、

「じつはな、伊兵衛の件だが、最近、あれはやっぱし、店の金を持って女と逃げたんだという噂が流れているんだ。知っているか」

「えっ、まさか。そんな噂はどこから」

「得意先の人間か、競争相手の店の周辺からだろうが、こういった噂が出ている以上、よほどの証拠がないとだめだということだ」

「しかし、伊兵衛は堅物で、女遊びもしねえと」

「誰が信用するんだ。周囲に隠れて秘《ひそ》かに女と会っていたかもしれねえじゃねえか。周りが思うより、本人は別の生き方をしているんじゃねえのか」

と伊十郎が続けた。

「伊兵衛は通いの番頭なんだ。店を出たあと何をしていたかなんて誰も知らない。第一、伊兵衛が『おさん』という小料理屋に通っていたなんて、店の者は誰も知らなかったんだ。まあ、同業者があることないこと噂を撒《ま》き散らしているのだろうがな」

伊兵衛は大泉屋で丁稚から番頭にまでなった男だ。真面目な人柄で、主人からも信頼されていた。

ただ、死体が発見されないことにはいろいろな憶測を呼ぶ。伊兵衛は金を持ち逃げするような男とは思えないが、どこかの岡場所に馴染みの女がいて、その女と逃げたのではないかと言う噂が出るのも止むないことかもしれない。

ことに、『おさん』に呑みに行っていたことが誤解を生んでいるのかもしれない。

このまま死体が見つからなければ、いつしか伊兵衛が金を持ち逃げしたということにもなりかねない。

伊十郎の言うように、同業者などから『大泉屋』を貶《おとし》めるための、いろいろな噂が出始めているのだろう。

「伊兵衛の死体が発見されたのなら、奉行所を動かすことが出来るが、今のままじゃちと難しいぜ」

伊十郎は立ち上がり、

「どれ、帰るとするか」

「旦那」

平助が呼び止めた。

「なんだ?」

「ずっと気になっていたんですがねえ。旦那はどうしてあのとき、生駒屋の件を知ったんですかえ」

「あれは、たまたまだ」

「ですから、どうして、あの朝の早い時間に神田花房町辺りをうろついていたのかってことですよ」

「平助。いいじゃねえか」

伊十郎は顔を背けた。

「ふん。また、女の所ですね」

「さてと。佐平次、邪魔をしたな」

平助に返事もせず、伊十郎は出て行った。

「ほんとうに懲りねえ旦那だ」

「どこかの後家の家にでも泊り込んでいたんだろうよ」

平助が呆れたように言う。

「さあ、そろそろ寝るか」

徳利の酒も空になっていた。

ふたりの兄が縁側に出ている間に、佐助がふとんを敷く。

敷き終えると、次助がささっと横になった。また、腰を揉めと言うかと思ったが、次助は鼾《いびき》をかきだした。

ほっとして、佐助が鰻を片づけておこうとしたら、一切れも残っていなかった。

「あれ、俺の鰻がない」

佐助は、あっと声を上げた。

「次助兄い。まさか、俺の鰻まで食べちまったんじゃないだろうな」

だが、次助の鼾はますます高くなるだけだった。

第二章　昔なじみ

一

　きょうも三人で吾妻橋を渡り、水戸家の下屋敷前を通り、竹屋の渡し場までやって来た。それから、佐助たちは秋葉神社のほうに向かった。

　山伏姿の大男の目撃者を探しながら、小梅村に入り、北十間川に出た。途中、有名な料理屋にも聞き込みをかけたが、手掛かりは得られない。

　業平橋《なりひらばし》に差しかかったとき、百姓らしい男が走ってくるのに出会った。佐助に気づくと、まっすぐ近づいて来て、

「佐平次親分ですね。この先の小村井村を流れる川に、三十過ぎの男の死体が浮かんでいるのが見つかりました。手足を荒縄で縛られておりました」

「ほんとうか」

「へい。江戸者じゃねえかと、自身番に知らせに行くところです」

「場所は?」

「へい。香取神社の近くです」

　荷足船《にたりぶね》の船頭が見つけ、村役人に届けたのだという。

村は町奉行所の管轄ではなく、郡代や代官の支配地である。村役人といっても、侍ではない。名主や百姓代などが当たっているのだ。

「ありがとうよ」

佐助たちは、小村井村に急いだ。

「伊兵衛だろうか」

走りながら、佐助は胸が締めつけられた。

「そうかもしれねえ」

平助の声も沈んでいた。

死体の見つかった場所はすぐにわかった。川から引き上げられて、村役人らしき男が見張っていた。

佐助の顔を見て、村役人らしき男が会釈をした。

断って、佐助は平助といっしょになって筵《むしろ》をめくった。

とたんに、佐助はうっと吐き気がした。村役人がいるので、懸命にこらえた。

長い間、水の中にいたらしく顔はふやけて人相も定かでない。手足を縛られ、重しをつけられて川の中に沈められたようだ。

頸部《けいぶ》に痣《あざ》のようなものがある。頸《くび》を絞められたのだろう。

「死んでからだいぶ経《た》っておりますねえ」

村役人は顔をしかめて言う。

「顔はわからねえが、どうも探していた男のようです」

佐助は痛ましい思いで答えた。

『大泉屋』からひとを寄越してもらい、確かめなければならないが、伊兵衛に間違いないと思った。

「すいませんが、深川冬木町の『大泉屋』まで使いを出していただきてえのですが」

「よろしいでしょう」

陽《ひ》に焼けて浅黒い顔の村役人はすぐに手配をしてくれた。

平助が川の縁に向かった。佐助と次助もあとを追った。

平助が足を止めた。

「あれを見ろ」

平助が指を差した。

川の縁の葦《あし》の繁《しげ》みの中から黒っぽいものが覗《のぞ》いている。

「葛籠《つづら》だ」

ぼろぼろになっているが、葛籠に間違いなかった。

「おそらく、伊兵衛はあの中に閉じ込められ、石を詰められて川底に沈められたのだろう」

平助は伊兵衛の死を悼むように言った。

亡骸《なきがら》は近くの名主の屋敷の裏庭に戸板に載せられて運ばれた。

名主は村人の訴えを聞いたり、軽い裁きをもする権限も与えられている。

『大泉屋』の人間がやって来るまで、佐助たちは周辺の聞き込みを続けることにした。

まず、名主の家族や奉公人たちに話をきいた。

が、山伏姿の大男や葛籠を担いだ大男などを見た人間はいなかった。死体を棄てたのが真夜中であれば、誰も気づく者はいないだろう。

名主の家を出て、周辺を歩き回った。

風光明媚《めいび》な場所だ。穏やかな時間が流れている。およそ、死体とは無縁の風景が広がっている。

周辺の百姓家に行って見たが、やはり手掛かりは摑《つか》めなかった。そうこうしているうちに、名主の家のほうに一丁の駕籠《かご》と数人の男が入って行くのが見えて、佐助たちは引き返した。

名主の家に行くと、『大泉屋』の主人が駕籠から下りたところだった。

「大泉屋さん、ごくろうさんです」

「あっ、佐平次親分」

大泉屋は佐助の顔を見てほっとしたようになり、

「知らせを聞いて、驚いてやって参りました」

「じゃあ、こちらへ」

佐助が亡骸の場所に案内した。

大泉屋の足が少しもつれている。

亡骸を安置してある場所にやって来た。亡骸を守っていた男が筵をめくった。

大泉屋は手を合わせてから顔を見た。

「伊兵衛です」

じっと見つめていたが、やがて大泉屋は青ざめた顔で言った。

「覚悟はしていましたが、いざ、こんな姿を目にして、いたたまれません」

大泉屋は目を落とした。

「でも、お店のお金に手をつけたのではなかったことだけが救いです」

店の金を持ち逃げしたという噂が、大泉屋を苦しめていたことを物語っていた。

そこに長蔵がやって来た。さっき、駕籠といっしょに数人の男がいたが、その中に長蔵もいたらしい。どこにでも顔を出して来る岡っ引きだ。

「なんだ、佐平次。こんなところまで出張って来ていたのか」

長蔵が底意地の悪そうな目できいた。

「長蔵親分こそ、どうしてここに？」

「知れたことよ。大泉屋さんの番頭らしい男の死体が発見されたと聞いて、大泉屋さんといっしょに駆けつけたってわけよ」

「長蔵親分は、『木曾屋』の手代を殺《や》った犯人と同じだと思っているのか」

「そうだ。同じだ。『木曾屋』の手代は北十間川で発見されたが、ここと距離もそれほど離れているわけじゃねえ」

長蔵が自信たっぷりに答えた。

「で、犯人の目星は立っているんで？」

佐助がきくと、長蔵は薄ら笑いを浮かべただけだ。

そこに、南町奉行所の押田敬四郎《おしだけいしろう》がやって来た。

押田敬四郎は佐助を見ると、とたんに表情を険しくした。

「何だ、佐平次も来ていたのか」

「旦那《だんな》。やっぱし、大泉屋の番頭伊兵衛でした」

「そうか」

長蔵から話を聞くと、押田敬四郎は佐助に近づき、

「佐平次、こいつは俺たちが追っているやまだ。『大泉屋』へは俺たちが事情をききに行くぜ。わかったな」

「待ってくれ。同じ犯人かどうかわからねえ」

佐助は抵抗した。

「なんだ、旦那に文句があるってのか」

長蔵が黄色い歯茎を剝《む》き出しにして、

「俺たちは前から、この事件を追っているんだ。おめえたちがやるより、俺たちに任せてもらったほうが解決は早いぜ」

「よし、長蔵。行くぜ」

さっと死体を調べただけで、押田敬四郎は長蔵に声をかけ、もう引き上げた。あわてて、長蔵が追いかけて行った。

「兄い、どうする？」

忌々しげに、佐助はきいた。

「なあに、勝手にやらせておけばいい。俺たちは、この辺りにもう一度聞き込みをかけるんだ」

平助はあわてずに答えた。

佐助たちは小村井村から木下川村へと移動した。誰かが、大男の姿を見ているはずだ。そう思いながら、すれ違った百姓や畑にいる百姓などに声をかけてみた。

渋江村の途中で引き返したのは、ますます江戸から遠ざかるからだ。山伏姿の大男は頻繁に江戸の町中に現れているのだから、こんなに遠くではないはずだ。

そうやって聞き込みをしていて、ある百姓が妙なことを言った。

「大天狗《おおてんぐ》なら出たのかもしれねえ」

「大天狗だって？　見たんですかえ」

「いや。そんな噂《うわさ》があるんだ」

深い皺《しわ》が刻まれている顔に怯《おび》えの色が浮かんでいる。

「それはどの辺りで？」

いったん元の道を戻り、小橋を渡って大畑村に出て、そこから請地村へと急いだ。

途中で、野良仕事の若い娘に声をかけた。

「ちときくてえが、ここいらで、大天狗が出たって噂があるそうだが？」

「は、はい」

佐助を見て、娘は顔を赤らめながら、

「はい。私は天狗を見ました」

「天狗を見た？」

「夜、大きな男が大岩を頭の上にかついで歩いて行ったんです」

「なんだと」

「この先の欅《けやき》の樹の近くに大岩があります。その大岩は飛木稲荷《いなり》の境内にあったものなんです」

「天狗の顔は見たのか」

「いいえ。暗がりなので、顔がわかりません。ただ、大きな影が動いていたのを見ただけです」

「その男を見たのはおまえさんだけかえ」

娘は恥じらうように俯《うつむ》いた。

「いいひとといっしょだったんだろう。そのひとからも話を聞きてえ。誰だえ、それは？」

「喜作《きさく》さんです」

近くに住む百姓の若い男だという。

娘は喜作と逢《あ》い引きをしていて目撃したのだ。

喜作の所まで、娘が案内してくれた。

途中、さっき娘の言った欅の樹があった。なるほど、そこに大きな石があった。

「これかえ、飛木稲荷にあったという石は？」

「そうです」

『生駒屋』の前にあった石より、さらに一回りも大きい。

それから、娘がさらに飛木稲荷の大銀杏《おおいちょう》に向かって歩き、途中にある百姓家に入って行った。

しばらくして、野良着姿で腰に手拭《てぬぐ》いをぶらさげた若い男といっしょに出て来た。

「喜作さんだね」

「へ、へい」

「天狗を見たってことだが？」

「大きな男が石を頭上高く持ち上げたまま歩いているのを見ました。で、次の日、飛木稲荷にお参りに行ったら庭にある大石がなくなっていたのでびっくりしやした」

「その者たちを見たのは、その夜だけかえ」

「いえ、何度か、昼間、山伏の格好をした大男を見たことがあります。その男が天狗かどうかわかりませんが」

「どこで見たんだね」

「寺島村のほうで見ました」

「やはり、寺島村か」

佐助はだんだん狭まって来たのを察した。

喜作と娘と別れたあと、三人は飛木稲荷に向かった。

飛木稲荷の鳥居をくぐると、葉を落としはじめた銀杏の大樹の横手に、大きな空間が出来ていた。

「ここだな」

佐助が呟《つぶや》いた。

そこに神主と思われる年寄りが出て来た。

「困ったものです」

「この先の欅の樹の傍《そば》にある石ですね」

佐助がきいた。

「そうです。村人の手を借りて運ぼうとしましたが、とうてい無理でした。丸太を敷いて大勢の人手でやるのも大事になるので、諦《あきら》めております。村人の中には、天狗の仕業だと噂する者もあります」

「次助。どうだ、やってみねえか」

平助が次助になんでもないように言った。

「やる」

次助は珍しく闘志を剝き出しにして答えた。

「えっ、あそこからここまで運ぶのか。だって、ずいぶん距離がある。それに、石も生駒屋のより大きい」

「ああ」

「ああって」

佐助は呆《あき》れ返った。だが、次助の目は一点を睨《にら》み据えていた。

次助はさっきの欅の樹まで戻った。ここから、飛木稲荷まで六十間（約百八メートル）以上はある。その距離を、あのような大石を担いで歩くのは人間技ではない。それこそ、天狗だ。

大石の前に次助は立った。江戸の町中のように、野次馬がいないせいか、次助の表情は厳しいが堂々としていた。

諸肌《もろはだ》を脱ぎ、次助は腰を落とした。

えいっという気合で、石の端っこが微《かす》かに持ち上がった。さらに力を込め、石の浮き上がって出来た隙間《すきま》に肩を入れた。

そして、ゆっくり腰を浮かせた。巨大な石が空に浮かび上がった。

次助は歯を食いしばり、ゆっくりゆっくり歩を進めた。石の重みで、次助の足が土にめり込み、次助の過ぎたあとに大きな足跡がくっきり出来た。

「次助兄い、頑張れ」

佐助も手に力が入った。

いつの間にか、村の子どもたちが飛び出して来て、目を丸くして次助のあとについて行く。

遠くの畑にいた百姓が仕事の手を休め、次助のほうを見ていた。遠くからでは、大きな岩が浮かんで移動しているように見えることだろう。

次助は半分ほど歩いたところで立ち止まった。そして、肩に当てていた石を今度は両手を思い切り伸ばし、頭上に掲げた。

子どもたちから驚嘆の声が発せられた。

次助は再び歩み始めた。ゆっくり、ゆっくり、石を天高く突き上げるように歩む。まるで、芝居小屋の花道を行く花形役者のようだった。

佐助はふいに涙が滲《にじ》んできた。いつも、陰に隠れ、日の目を見なかった次助の晴れ舞台だと思った。

次助はもう危なげなく飛木稲荷の鳥居の前にやって来た。が、ここからが難しい。次助は石をゆっくり下ろし、今度は腹の上に載せて徐々に鳥居をくぐった。

神主や集まって来た氏子《うじこ》たちの見守る中、次助は静かに大石を元の場所に戻した。

平助が佐助に近寄り、

「佐助。これで天狗の仕業ではないとわかったかと、皆に言うんだ」

と、囁《ささや》くように言った。

うんと頷《うなず》き、佐助が皆の前に立ち、

「皆の衆、これで大石が動いたのは天狗の仕業ではないことがわかりやしたか。ここにいる次助がひとりで運んだんです。人間のやったことですぜ。天狗なんていやしません」

佐助の声に、村人たちが喜びの声を発した。

その帰り道、佐助は感心して言った。

「平助兄いは、村のひとたちが大天狗が出たってことで怖がっているから、次助兄いに石を運ばせたのか。俺はそこまで考えなかった」

「いや、そればかりじゃねえ」

平助が否定した。

「えっ。そればかりじゃねえって、どういうことだ?」

「奴ら、次助が飛木稲荷までやって来ることを読んでいたのだ。この大石を動かした天狗の噂が江戸に伝わり、いつか次助の耳に入ると思っていたのだろうよ」

「兄い。わからねえ。わかるように話してくれ」

「あの石は奴らが次助に挑んだんだ。『大泉屋』、『生駒屋』と立て続けに次助に煮え湯を呑《の》まされた。だから、もう一度、次助に挑戦したんだ。さあ、どうだ。今度の石はさらに大きく、運ぶ距離もあるぞ。そうやって、次助を煽《あお》ったんだ」

「そうなのか」

「そうだ。大天狗の使者という大男は怪力自慢なんだろう。おそらく、二度目の『生駒屋』の大石も、次助への挑戦だったはずだ。それも次助に破られた。だから、改めて、次助に挑戦したんだ」

「なぜ、江戸でやらなかったんだ」

「江戸じゃ、やばいと思ったのだろうし、それにこれは奴と次助だけの闘いになったということだろう」

平助の声を、次助がじっと聞いていた。

「でも、どうしてやつは次助兄いにそんなに敵愾心《てきがいしん》を燃やすのだ？」

「自分より力のある人間がいるはずはないと思っていた。その矜持《きょうじ》をずたずたにされたので、むきになっているのかもしれない」

平助はそこで言葉を切った。そして、口調を変えて続けた。

「もう一つ、理由がありそうだ」

「もう一つ？」

「奴らは、もうこの界隈《かいわい》にいないということだ」

「逃げたというのか」

「うむ。おそらく、高尾山の大天狗の使者と称しての騙《かた》りをもうやらないのではないかと思えてならない」

「なぜだ。奴らは、それを始めたばかりじゃねえか。もう、見切りをつけたってのか」

「わからねえ。だが、喜捨を断った店の前に大石を置くという威《おど》しも、次助がいたんじゃ効き目がねえ。奴らの霊験が色あせてしまうからな」

「すると、奴らはまた別のことで、何かをやらかすってことだな」

「そういうことだ。が、今のところ、それが何かがわからねえ。いずれにしろ、奴らは山伏姿を捨てて、別の姿でこれからは動きまわるかもしれねえ」

ふと、次助が口を真一文字に閉じ、遠くを見つめているのに気づいた。最近、次助はときたまこういう目をするのだ。

二

風もだいぶ涼しくなってきた。

番頭伊兵衛の弔いが済んだ翌日、佐助は深川冬木町にある『大泉屋』を訪ねた。

店は商売を始めていたが、どこか悲しげな雰囲気が漂っていた。

「佐平次親分。きのうは伊兵衛のためにお越しいただいてありがとう存じました」

大泉屋は礼を言った。

伊兵衛の弔いには得意先をはじめ、大勢のひとが参列した。その中には、伊兵衛が襲われるきっかけとなった得意先の『仙石屋』の主人や、伊兵衛がときたま寄っていた小料理屋『おさん』の女将《おかみ》の顔もあった。

「長蔵親分は、伊兵衛が悪い女に引っかかったと言っています。伊兵衛は、そのような男ではないと言っても、長蔵親分の耳には入らないようです。じつのところ、どうなんでしょうか」

「伊兵衛さんを殺ったのは大天狗の一味の可能性があります。残念ながら、その証拠がまだありやせん」

苦しい答えにならざるを得ず、佐助はつい声が小さくなった。

伊兵衛は何者かに途中で声をかけられ、ひと目のない場所に連れられて殺され、葛籠に押し込められたのだと推測しているが、途中で声をかけた男が何者で、なぜ伊兵衛がついて行ったのかを明確に説明が出来ないのだ。

一方、長蔵は別の考えを持っていた。伊兵衛は外出のついでに、ある女のいる所に寄ったと言うのだ。

そこがどこか。長蔵には心当たりがあるらしい。

『大泉屋』を出ると、河岸の柳の陰から次助が近づいて来た。いつも、次助は外で待っているのだ。

「今度は？」

「『生駒屋』だ」

大天狗がまず最初に現れたのが『大泉屋』。喜捨を断ったために、店の前に大石を置かれ、さらに番頭の伊兵衛までが不慮の死を遂げた。

次に、大石が置かれたのは、同じように喜捨を断った『生駒屋』だ。

佐助たちは、神田花房町の『生駒屋』に向かった。

『生駒屋』に着いてから、また次助を外に待たせて、佐助と平助が主人と会った。

「その後、何か変わったことは起きていませんか」

「いえ。なにも」

主人が不安そうに答え、

「この先、何か起こる可能性があるのでしょうか」

「ないとは思いますが、用心に越したことはございません。万が一、また大天狗の使者がお店に現れたら、恐れずに自身番に届け出るように」

「は、はい」

大天狗は『生駒屋』を最後にぷつりと消息を断った。

最初は深川石島町の海産物問屋の『鳴門屋』を始め、三軒が大天狗に喜捨をし、四軒目の『大泉屋』で初めて断られた。その腹いせか、威しのために大石を置いたのだ。

だが、それを次助にあっさり片づけられて、大天狗の鼻をへし折られた。その腹いせに、伊兵衛を殺したのではないか。

その後、大天狗はこの『生駒屋』に現れたが、ここで、大天狗は喜捨を二十両ととんでもない額を要求した。

「連中は、こちらには二十両とふっかけて来たそうですね」

佐助が確認するようにきく。

「はい。そんな金など出せません。かといって、触らぬ神に祟《たた》りなしでございますから、一分金を渡して帰っていただこうとしました。でも、二十両出せと言ってききません。そんな金は払えないときっぱり言ったら、大天狗の祟りがあってもしりませんぞと捨て台詞《ぜりふ》を残して引き上げて行きました」

生駒屋はふと吐息をつき、

「そのあとは、そんな男のことを忘れていたのですが、次の日の朝、店の前に庭の大石が置かれていてびっくりしました」

それまでとは違う。『生駒屋』にはいきなり金額を指定している。それも、高額の二十両だ。それは、最初から断られる額を出したのだと、平助は言った。

つまり、大天狗の目的は『生駒屋』の前に庭の大石を置くことだったのだ。次助への挑戦だ。金を得ることではなく、次助と力比べをするためだったに違いない。

「親分さん。『大泉屋』さんの番頭さんが殺されたのは大天狗の男と関係があるのでしょうか。そのことを考えると、何か仕返しでもされるのではないかと心配になりますが」

「いや。用心していただくに越したことはありませんが、何もしないと思います」

飛木稲荷の庭石の件もそうだが、『生駒屋』の大石の件はあくまでも次助への挑戦が目的なのだ。『生駒屋』に嫌がらせをしようとしたわけではないのだ。

『生駒屋』を辞去し、外に出たが、次助の姿が見えない。

周辺を見回したが見当たらず、平助と顔を見合わせたとき、走って来る次助を見た。神田川への方向だ。

「すまねえ、ちょっと、ぶらぶら歩いて行ったら、川のほうに出てしまって、戻るのに時間がかかってしまった」

息をあえがせ、次助は目を伏せて言った。

「いないから、驚いちまったぜ」

平助は笑ったが、佐助は訝しげな顔つきになっていた。

次助の様子が変だ。平助がどう思っているのか、きいてみたいが、その機会がなく、三人はいっしょになって、平助の言い出した、米沢町の『仙石屋』に向かった。

平助は、ある疑問を呈した。

葛籠を運んだ大男は山伏姿ではなかった。なぜ、山伏の衣装を脱いでいたのか。

「伊兵衛の行動を知っていた可能性があるんだ」

平助はそう言った。

だから、股引《ももひ》きに尻端折《しりはしよ》りという格好で、伊兵衛を待ち伏せていたのではないか。平助はそう言うのだ。

両国橋を渡った。川風がひんやりしている。

米沢町に入り、『仙石屋』にやって来た。

主人の仙右衛門が庭で盆栽をいじくっているというので、庭に通された。

五十年配だが、肩幅が広く、胸板の厚い、堂々たる体格の男だった。若い頃に、力自慢で鳴らしただけはあると、佐助は思った。

広い庭で、築山《つきやま》の手前に大きな石が置かれている。

「佐平次親分、何か」

水を上げていた手を休め、仙右衛門が振り向いた。

「へえ。ちともう一度、お訊《たず》ねしたいことがございましてね」

仙右衛門は盆栽から離れ、濡《ぬ》れ縁までやって来た。

「なんでございましょうか」

立ったまま、仙右衛門がきいた。

「伊兵衛さんが、あの日、集金に来ることは、だいぶ以前からわかっていたのでしょうか」

「ええ。集金にはいつも伊兵衛さんが参りますから」

「あの日は八月二十三日。晦日《みそか》ではありませんが、どうして支払いを?」

「その前の月に、特別に高級物の足袋《たび》を注文しましてね。ですから、そのぶんは早めにお支払いしておこうとしたのです」

「すると、その知らせはいつ?」

「五日ほど前に、『大泉屋』さんにお伝えいたしました」

ふと、仙右衛門は怪訝《けげん》そうな顔になり、

「それが、何か」

と、きいた。

「下手人は、偶然に伊兵衛と会ったのではなく、待ち伏せていた節があるんです。つまり、下手人は伊兵衛が『仙石屋』さんに出かけるのを知っていたってことになります」

仙右衛門は黙ったまま頷いた。

「なぜ、知ったのでしょうか」

「長蔵親分は伊兵衛さん殺しの下手人の目星がついていると仰《おっ》しゃっておいででした。失礼でございますが、佐平次親分とはお考えが違うのでしょうか」

「長蔵親分がこちらへもやって来たんですね」

佐助はうんざりした顔をし、

「確かに、長蔵親分の考えにも一理ありますが、いろいろな面から調べておかなければなりませんのでね」

「そうでしょうね」

仙右衛門は笑みを浮かべ、

「そうそう、長蔵親分はこんなことを仰しゃっておいででした。伊兵衛は馴染《なじ》みの小料理屋で、酔った勢いで集金の話をしたのかもしれないと。でも、伊兵衛さんは待ち伏せされたのではなく、自分から進んである場所に行ったのだということでした」

仙右衛門は長蔵の肩を持つように言った。

「お邪魔しました」

佐助は礼を言って仙石屋を後にした。

庭を出ようとして振り返ると、仙右衛門がじっとこっちを見ていた。

「兄い。俺の気のせいかな。仙石屋は最初の頃と感じが違う」

仙右衛門から伊兵衛の死を悼むような思いが伝わって来なかった。何となく、仙石屋仙右衛門に対して違和感を持った。

「うむ。何か隠しているな」

平助が難しい顔をした。


その夕方、請地村から喜作という若い百姓が長谷川町の家までやって来た。

次助が出て行った。

「すいません。さんざん、探して、この時間になっちまいました」

喜作は突然の訪問を詫《わ》びた。

「いや。ちょうどよかった。俺たちも今帰って来たところだ。で、何かあったのかえ」

「はい。あの節はお世話になりました」

飛木稲荷の大石の件で礼を言ってから、

「じつは、寺島村に使っていない百姓家があります。その家の屋根裏から、山伏の衣装が見つかったんです。そのことを、一応、お知らせしておいたほうがいいと思いまして」

「寺島村のどこだえ」

佐助が顔を出した。

「あっ佐平次親分。その節はどうも」

「遠いところをごくろうだ。で、場所は？」

「へえ。長命寺の東、欅の樹が三本近くに立っています」

「わかった。礼を言うぜ。明日、さっそく見に行く」

「よかった」

喜作は顔を綻《ほころ》ばせた。

「少しでも、お役に立てればと思って走って来たかいがありました」

「それにしても、どうしてそんな百姓屋に？」

佐助がきくと、喜作が顔を赤らめた。

「なるほど。あの娘と」

「はい。じゃあ、失礼します」

逃げるように去って行く喜作の後ろ姿に、

「気をつけてな」

と、佐助が声をかけた。

これから請地村まで帰るには夜になってしまう。

「やっぱし、奴らは塒《ねぐら》を引き払ったんだ」

居間に戻ってから、佐助は言った。

しかし、次助はまたも何かを考え込んでいるようだった。

昼間、どこかへ行っていたことといい、やはり、次助の様子はおかしい。いったい、次助に何があったのか。

佐助は息苦しいような胸騒ぎを覚えていた。

三

翌日、喜作から教わった廃屋に向かった。

両国広小路《ひろこうじ》から蔵前通りに入り、吾妻橋を渡って、墨堤《ぼくてい》を長命寺まで行くと、東の方角に欅の樹が三本立っている場所があった。

そこに行って見ると、なるほど喜作の言うとおり、屋根の茅《かや》も朽ちた百姓屋があった。板塀や荒壁も崩れかかっている。

薄暗い土間に入ってみた。いろりに使った痕跡《こんせき》がある。座敷の畳ももろけている。台所に徳利が転がっていた。しばらく前まで誰かが暮らしていた形跡があった。

土間の端に、屋根裏部屋への梯子《はしご》がかけてあった。佐助は梯子段を上がった。

閑散とした屋根裏に木鉢や杵《きね》などが置き忘れたようにあった。そして、隅のほうに白っぽいものが見えた。

佐助はそれを手にして土間に下りた。

「間違いねえ。こいつは、奴らが身につけていたものだ」

平助が山伏の衣装を広げて言った。大きさから言って、大天狗の使者が着ていたものとみて間違いないと思った。

「やっぱし、ここを出たんだ」

もう一度梯子段を上がり、屋根裏を調べ、そして、座敷や納戸、厩《うまや》、さらに家の周辺まで調べて手掛かりを探したが何も見つからなかった。

次助が柱に寄り掛かったとき、家がぐらっとなった。あわてて、次助が柱から離れた。だいぶ、脆《もろ》くなっていた。

名主の家に赴き、いちおうの事情を話してから、佐助たちは帰途についた。

秋の収穫が終わり、田圃《たんぼ》にはひとはいない。今は冬瓜《とうがん》、もみ大根、里芋などの栽培に当てられている。

土手に上がった。土手から見る風景はもう秋真っ盛りの感がする。仕事で来ているのでなければ、いい行楽だ。

水辺には葦が丈を伸ばし、長命寺前の堤の黄櫨《はぜのき》の紅葉もだいぶ赤くなり、やがて燃えるような真紅に染まって行くのだ。

「桜餅《さくらもち》でも食べて行かねえか」

佐助は舌なめずりをして言った。桜餅は長命寺の名物だ。

「そんな時間も金もねえ」

平助が一蹴《いっしゅう》する。

「平助兄い。金なら、この前、井原の旦那からもらった奴が残っているだろう。せっかくだからちょっとだけ食べて行こうよ。なあ、次助兄い」

いつもなら、次助から先に言い出すはずなのだが、きょうの次助は何も言わない。

「何言っていやがる。物見遊山《ものみゆさん》で来たんじゃないんだ」

平助は早足の歩調を緩めることなく答えた。

やはり、次助は何も言わない。食い物のことにはまっさきに飛びつくのに、おとなしいので、佐助は心配になった。

「次助兄い。腹の具合でも悪いのか」

「なんでだ？」

次助が不審そうな顔を向けた。

「いや、なんでもねえ」

仕方なく、佐助は長命寺の門前を恨めしげに見て三囲神社の前に差しかかった。

ちょうど、竹屋の渡し場に対岸の山谷堀《さんやぼり》からの船が着くのが見えた。船にはかなりの乗客がいるようだった。

土手をそのまま行き過ぎようとしたとき、悲鳴が聞こえた。

佐助は足を止めた。

栈橋のほうからだ。ひとの騒ぎ声が聞こえる。

「行ってみよう」

平助が足を向けた。

佐助が土手を駆け降りると、商家の内儀ふうの女に女中、薬売りの男、職人体の男が、遠巻きにしていた。

その向こうに、勤番者らしい三十二、三の武士ひとりに、こちらは三人の巨軀《きょく》の男で、両者がいがみ合っているのがわかった。巨軀の男は相撲取《すもうと》りのようだった。

「やい。謝れ」

大男がわめいた。

「無体な。謝る謂《いわ》れはない」

落ち着いた声だ。

「なんだと、サンピン」

揉《も》み上げが太くて濃い、毛深い大男が指の節を鳴らした。連れのひとりは、おそろしく顔のでかい大男で、細い目に怒りの色が見えた。もうひとりは痩《や》せて、背のひょろ長い男だ。

色白の武士が刀の柄《つか》に手をやった。

「佐助、止めたほうがいい」

平助が囁いた。

よし、と頷き、佐助は飛び出して行った。

「おいおい、何をしているのだ。他の方が迷惑している」

すると、取り囲んでいた野次馬から、

「佐平次親分」

という声が上がった。

長谷川町の佐平次親分の予期せぬ登場に、居並んだ人々が大騒ぎになった。それに今は瓦版《かわらばん》でもちきりの怪力の持主の次助がいるので、さらに歓声が上がった。

「いってえ、どうしたんだえ」

佐助の爽《さわ》やかな声が仲秋の晴れた空に轟《とどろ》いた。

「引っ込んでいてもらおうじゃねえか。こいつは、俺とこのサンピンとのことだ」

毛むくじゃらの男が力んで言う。

「そうはいかねえ。お侍さんも困っていらっしゃる」

柄に手をかけたまま、武士は濃い眉《まゆ》を寄せて戸惑いの表情をしている。色白なので、眉の濃さが際立って見える。

佐助は次助に目配せをした。

次助が巨軀を前に出した。

「見れば、取的のようだが、他人に絡むなんてえのは感心しねえな」

相手に負けないぐらいの巨軀で、次助が相撲取りの前に立った。

「なんだ、てめえは？」

「俺は佐平次親分の子分の次助っていうものだ。おまえさんは？」

すると、もうひとりの男が毛むくじゃらの男に耳打ちをした。

毛むくじゃらが次助を見て、にやりと笑った。

「そうか、おめえさんが評判の怪力男か。俺は鳴神《なるかみ》部屋の金剛錦《こんごうにしき》の弟子で、鬼岩《おにいわ》というものだ」

「ほう、金剛錦と言えば、前頭筆頭の相撲取りじゃねえか。そんな師匠の名を出していいのか。師匠に迷惑がかかる。そんなこともわからないのか」

次助が叱《しか》りつけるように言った。

「事情もわからずに、サンピンの肩を持ちやがって。まあ、いい。おめえの怪力が俺に通用するか試してみるか」

「俺はおめえの狼藉《ろうぜき》を止めようとしただけだ」

「なに、狼藉だと」

毛むくじゃらの男が腕まくりをした。

「待て。おめえと喧嘩《けんか》するつもりはねえ。やるなら、相撲だ」

「なんだと、てめえ、俺と相撲をとるっていうのか」

「喧嘩は出来ねえが、相撲の相手ならしてやる」

「ふざけやがって」

毛むくじゃらは笑って、

「よし、おめえがそう言うなら相撲の相手をしてやろうじゃねえか」

と言い、

「おめえが、俺と相撲をとって勝ったら、このサンピンを許してやろう。これで文句はあるまい」

「待て。本職の相撲取りと……」

佐助が口をはさみかけたのを次助が遮って、

「親分。どうせ口で言ってもきかない連中だ。お望みどおりに相手をしてあげますよ」

次助は余裕を見せた。

「しかし、相手は本職だ」

いくら力が強く、体格も負けないとしても、日頃から相撲の稽古《けいこ》をして鍛練している者が相手では次助が敵《かな》うはずはないと、佐助は心配したのだ。

昔は怪力という生まれついての才がありさえすれば、相手をも負かすことが出来たが、今は相撲の技も編み出されて、その技を習得した者には敵わないのだ。

その相撲の技が次助にはない。いくら力が強かろうが、素人が玄人に勝てるほど相撲の世界は甘いものではない。そのぐらいのことは佐助にもわかる。

佐助が救いを求めるように平助に顔を向けたが、平助は口を真一文字に結んで成り行きをじっと見つめている。

「よし。こっちへ来い」

鬼岩は葦を分け入り、平らな場所を見つけて振り向いた。

「次助兄い。だいじょうぶか」

鬼岩はいかにも力は強そうだし、幕内力士ではないが、金剛錦の下で相撲の稽古をしてきた人間である。

「なあに、見ていろ」

次助は鬼岩のほうに向かった。野次馬もぞろぞろとついて行く。これから山谷側に渡ろうとする客も船に乗らずに見物しようとしている。

「兄い。止めなくていいのか」

佐助は平助の顔を覗き込んだ。

「まあ、見ていな」

平助はあっさり言っただけだ。

行司役に、鬼岩の仲間がついた。

次助と鬼岩が向かい合った。ふたりとも諸肌を脱いだ。鬼岩の胸から背中に、鮮やかな鬼面の彫物があった。

行司役の男が気合をいれると、両者は立ち上がった。

鬼岩が突っ張った。次助は胸で受けながら、前に出る。鬼岩はなおも激しく突っ張ったが、その手をかいくぐって胸元に飛び込み、次助は相手のまわし、つまり帯に手をかけた。鬼岩も次助の帯を摑んだ。その刹那《せつな》、次助が投げを打った。鬼岩は横転した。

野次馬から歓声が上がった。

「やったあ」

佐助は飛び上がりそうになった。

「約束だ。あの侍を……」

次助が、あれっという顔をした。

佐助も今になって、あの侍がいないことに気づいた。

「とっくに、逃げて行ったよ」

平助が顔をしかめて言う。

「ちっ。なんでえ、あの腰抜け侍」

次助が顔をしかめた。

野次馬から称賛の声が次助に向けられた。大きな次助が照れている。佐助はその照れた姿が可愛《かわい》らしいのでくすりと笑った。

相撲取りは大きな体を小さくして、逃げるように去って行った。

「今の相撲取りと侍といっしょに船に乗り合わせたお方はおいでですかえ」

平助が野次馬を見回した。

「あっしもいっしょでした」

職人体の男が一歩前に出た。

「私も」

商家の内儀と女中ふうのふたりも名乗って出た。

佐助は平助のすることを、さも承知しているかのように悠然と見ている。が、その実、平助のやることをじっと見つめていた。

「いったい、船の中で何があったんですかえ」

「あのお侍さんが舳先《へさき》に座っていて、後ろにいる、あの相撲取りに刀の鐺《こじり》が当たっていたらしいんです」

職人が言うと、

「何度も、注意をしていたみたいですけど、いっこうに直そうとしないので、お相撲さんは堪忍袋の緒が切れたようでした」

商家の内儀が続けた。

他の乗客も同じようなことを話した。

「田舎侍なんでしょう」

職人が言う。

「船が出るぜ。さあ、行こう」

他の野次馬が連れに言った。

「佐平次親分、面白いものをありがとうございました」

「いや。さすが、佐平次親分の子分さんはすごい」

口々に次助を讃《たた》えながら、向こう岸に渡る客は船に、船から下りた客は土手の上に、散って行った。

佐助は複雑な気がした。

乗客の話を聞いた限りでは、勤番侍のほうに分が悪い。が、かといって、狼藉を働くべきではない。

「妙だな」

平助が小首を傾《かし》げた。

「兄い。どうしたんだ?」

「さっきの侍だ。あのまま、見過ごしにしたら、相撲取りは斬《き》られていたはずだ」

「えっ、侍を助けるためだったのじゃないのか」

「違う」

「じゃあ、助けに入る必要はなかったってことか」

「いや、そうじゃねえ」

平助は顔をなでた。

「どうも不思議だな」

「何がだ?」

佐助がきくと、次助は不安そうな目を平助に向けた。

「どうも、あの侍は、船の中でわざと相撲取りを挑発したようだ」

「えっ、どういうことなんだ」

「わからねえ。が、あの侍は居合を使う。相当腕が立つ。あの相撲取りを殺して、無礼討ちにしたと報告するつもりだったに違いねえ」

「兄い、じゃあ、あの侍ははじめから鬼岩っていう相撲取りを殺すつもりだったのか」

「そうかもしれねえ」

「いってえ、何があったんだろう」

「わからねえ」

「まあ、他人には窺《うかが》い知れねえ事情かもしれねえな。たとえば、女のとりあいとか」

佐助は勝手に言ったが、真相はあの侍にきかなければわからない。

それにしても、次助兄いはたいしたものだと、佐助は改めて感嘆した。

水戸家の下屋敷が左前方に見えている。佐助はまわりにひとのいないのを確かめてから、次助にきいた。

「次助兄い。すごい投げ技だったな」

佐助ははしゃいで、

「まさか、次助兄いが相撲の技を使うなんてちっとも知らなかったぜ」

「佐助、おめえは知らなかったのか」

「平助兄い。何のことだ？」

「そうか。知らなかったか。じつは、次助は子どもの頃、相撲部屋の親方から誘われていたんだ」

「えっ。ほんとうか」

「いいよ、兄い」

次助が困ったような顔をした。

「当時から体がでかく力が強かったからな。親方などが放《ほう》っておかねえ。そういうわけでいっとき相撲部屋に稽古に通っていたんだ」

「誰なんだ、親方っていうのは？」

「柏戸という相撲取りが、直々にやって来て弟子にしたいってな」

「柏戸だって。柏戸といえば、今でも大関を張っているじゃねえか。あの柏戸か」

「そうだ。十年以上も大関を張っているんだからてえしたものだ。その柏戸が次助に惚《ほ》れ込んだんだ」

平助が続ける。

「なにしろ、五歳のときには四尺（約百二十一センチ）を越え、目方も十貫（約三十八キロ）近くあったんだ。相撲取りが目をつけないわけはねえ」

「どうして行かなかったんだ？」

佐助はきいたが、次助が黙っているので、平助に顔を向けた。

「行ったんだが、一年で帰って来た」

「えっ、どうして?」

「それは、次助にきけ」

「なんで、相撲取りにならなかったんだ?」

佐助はきいた。

「俺はそれほど相撲が好きじゃなかったんだ。まあ、いいじゃねえか、こんな話」

次助が話を逸《そ》らすように言う。

(まさか)

佐助は急に黙り込んだ。

源森橋を渡り、やがて隅田川に架かる吾妻橋を渡る。その間も、佐助は口を閉ざしていた。夕焼けが西の空を茜色《あかねいろ》に染めていた。

橋を渡り、雷門前に行くと、料理屋、うどん屋、蕎麦《そば》屋、浅草餅、羽二重《はぶたえ》団子《だんご》などの食べ物屋が並んでいる。

「兄い。腹が減らねえか」

佐助は次助にきいた。

だが、次助が頸を横に振った。

佐助は不思議なものを見るように次助を見た。

その夜、夕飯を食べ終えたあと、佐助は近くの神社の境内に行った。夜ともなると、風は冷たい。星空が明るい。

次助が相撲部屋から誘われていたということを初めて知った。そのことが頭から離れなかった。

ふたりの兄、平助と次助とは血のつながりはない。佐助の母親は一歳になる佐助を連れて子供がふたりいる男のもとに後妻に入ったのだ。

だが、佐助は新しい父親とはあまり触れ合う機会もないまま死に別れた。父親は博打《ばくち》のいざこざから命を落としたのだ。

残された三人の子どもを、佐助の母親が料理屋の仲居をしながらひとりで育て上げた。だが、母は無理が祟って病気になり、ついに不帰のひととなってしまった。佐助が六歳のときだった。

そのあと、平助が父親がわりとなって次助と佐助の三人で生きて来た。平助は十四歳位から働き出したのだ。次助も十歳ぐらいで棒手振《ぼてふ》りの仕事をはじめていた。

直接の血のつながりのない佐助を、平助と次助は育ててくれたのだ。

あるとき、そのことを言うと、平助はこう言った。

「おっ母さんは血のつながらない俺や次助を身を削りながら育ててくれたんだ。ほんとうだったら、佐助だけ連れて、また他の誰かの後添いにでもなれたのだ。だが、おっ母さんは俺たちを実の子どものように慈しんでくれたのだ。そんなおっ母さんの恩を忘れるほど俺や次助は恩知らずじゃねえ」

それに、と平助は続けた。

「俺はおっ母さんと約束したのだ。佐助のことは心配するなと」

母親はいくばくかの金を貯《た》めていた。その金をこれから三人の暮らしに役立てるように言い、最期に佐助のことを頼むと言い残して息を引き取った。

そのことを律儀に守って平助は自分の行きたい道をも捨てたのではないかと、佐助は気にしていた。

平助は何をやらせても一角《ひとかど》の人物になったであろうと誰からも言われていた。武芸の道でも、学問の道でも、いずれの道を歩んでも頭角を現したであろう。そういう自分の才能を平助は封じ込め、佐助や次助のために生きて来たのだ。

佐助にしてみれば、自分がいるから平助はやりたいことも出来なかったのではないかと、常に気に病んでいた。

次助も、佐助と同じ思いでいた。次助と佐助のふたりの弟のために平助は自分を犠牲にしているのだと、次助も悩んでいたのだ。

ところが、その次助までも自分の夢を捨てたかもしれないのだ。

次助は相撲部屋に誘われていたという。もし、そのまま相撲取りになっていたら、きっと成功していたはずだ。

なぜ、相撲取りにならなかったのか。言うまでもない。佐助がいるからだ。

今までは、平助の足を引っ張っていたのが、次助と佐助だと思っていた。ところが、自分は次助の足まで引っ張っていたのだということに気づかされたのだ。

今や相撲は人気も高まり、年二回、本所回向院境内で場所が開かれるようになり、強くなれば大名のお抱え力士になって禄《ろく》を食《は》むことも出来るのだ。

もし、次助が相撲の世界に入っていたら、きっと大成して、大関にまで上り果《おお》せたかもしれない。

次助からその希望を奪ったのは俺なんだと、佐助は胸に刃物で抉《えぐ》られるような痛みが走った。

今からでも遅くないのかもしれない。次助兄いは今、二十四歳だ。遅い出発かもしれないが、今からだってそこそこの地位にまで上れるのではないか。

いままで、平助が自分の夢を捨て切れていないのなら、なんとかその道に行かせてやろうと、次助といっしょにときたま話し合ってきたのだ。

だが、そういう次助にだってやりたいことがあった。もし、やりたいのなら、今からでもやらせてやりたい。

佐助はそう思うのだ。

(結局、俺がひとりで平助兄いと次助兄いの足を引っ張って来たのだ)

佐助はやりきれなかった。

ふたりを自分のやりたい道に行かせてやりたい。

人前では、末弟の佐助を佐平次親分と呼び、あくまでも子分として接しなければならず、こんな創られた佐平次親分の下でこき使われるより、自分の道を歩み始めたいはずだ。

だが、平助も次助も、佐助がいるから自分の道を歩めないのだ。おっ母さんの「佐助を頼む」という最期の言葉がふたりの意思を縛っているのではないか。

なんとか、ふたりを自由にさせてやりたい。だが、そうなると佐助はひとりぽっちになってしまう。

佐助は自分ひとりで生きて行く自信はまったくない。常に、平助と次助の庇護《ひご》のもとに今日までやって来たのだ。

ふいに涙があふれてきた。自分の情けなさと同時に、ふたりがいなくなったときの寂しさを思って、急に悲しくなってきたのだ。

ふと、足音がし、あわてて佐助は涙を拭った。

「おお、こんなところにいたのか。佐助、どうしたんだ」

平助が声をかけた。後ろから、次助も顔を覗かせ、

「いったい、どうしたんだ?」

と、心配そうにきいた。

「おや。おめえ、泣いていたな」

次助が佐助の顔を覗き込んだ。

「さては、またおっ母さんのことでも思い出していたな。そう言えば、夕方はきれいな夕

焼けだったものな」

母が死んだとき、きれいな夕焼け空だった。だから、夕焼け空を見ると、母のことを思い出すのだ。

そんなんじゃねえ、と言おうとしたが、佐助はそのままにした。ふたりの兄のことで思い悩んでいたと知ったら、またふたりを気重にさせてしまうからだ。

「腰を揉んでもらおうと思ったのにな」

次助がぼやくように言った。

「いいよ。帰って、揉んでやる」

佐助が素直に応じたからか、次助が呆気《あっけ》に取られたように目を見開き、平助は不審そうな顔をした。

四

翌日、三人は本郷、小石川を通り、音羽一丁目にやって来た。この先が護国寺で、五代将軍綱吉《つなよし》の生母桂昌院《けいしょういん》の願いによって建立されたという。この寺が出来てから、この界隈は大いに繁盛し、私娼がたくさんいることでも有名だった。

その護国寺の樹木が見通せる場所に、金剛錦のいる鳴神部屋があった。

相撲の人気は高く、今では年二回の本場所が開かれるようになった。力士の数も多くなり、相撲部屋もたくさんある。

次助は外で待った。それも、少し離れた場所で。やはり、相撲部屋に入るのは抵抗があるのだろう。

稽古場では、激しい申し合いが行われていた。色白で、筋肉質の体の大きな相撲取りが、金剛錦だ。金剛錦大五郎《だいごろう》といい、二十八歳である。

金剛錦の胸にぶち当たって行ったのは、きのうの鬼岩だ。

金剛錦の足が少し後ずさったが、腰をひねって投げを打つと、鬼岩は横転し、土の上に這《は》いつくばった。

金剛錦の胸は赤く染まっている。鬼岩はすぐに立ち上がり、またも激しくぶつかって行った。

十月の本場所が迫っているので、稽古も熱を帯びていた。

ようやく、鬼岩と向かい合ったのは、それから半刻（一時間）後のことだった。

佐助が稽古を終えたばかりの鬼岩の前に出ると、顔や体が土まみれの鬼岩がびっくりした顔で、

「佐平次親分じゃねえですか」

と、舌をもつれさせた。

「きのうのことで何か」

怯えたようになったのは、次助に投げ飛ばされたことを思い出したのか、それとも金剛

錦や他の者に狼藉を働いたことがばれてしまうことを恐れたのか。

可哀《かわい》そうなくらい小さくなっている鬼岩に、

「きのうのことで来たのは間違いないが、おまえさんがどうのこうのってことじゃないんだ」

「へえ」

「きのうの侍のことだ」

「あのサンピンの?」

「念のために船の中のことを、他の乗客にきいてみたんだ。すると、どうも、相手の侍のほうが悪いようだ」

「そうですぜ。あの野郎、わざと刀の鐺《こじり》を俺の腹に突き当てて来たんだ。だから、俺も堪忍袋の緒が切れちまって」

鬼岩はでかい鼻を膨らませた。

「お前さんは気がつかなかっただろうが、あの侍は相当の腕だ」

「なんだって?」

「あのままだったら、おまえさんはあの侍に斬られていたぜ」

「まさか」

「いいかえ、あの侍はおまえさんをわざと怒らそうとしたんだ。その上で、おまえさんを無礼討ちにしようとしたんだ」

鬼岩は目を見開き、

「あの侍がそんな腕だなんて、ばかな」

と吐き捨てたが、その声は震えを帯びていた。

「何か、心当たりはないかえ」

「心当たりなんて」

鬼岩は虚《うつ》ろな目になった。

「俺は褒められた人間じゃねえが、ひと様に恨まれる真似《まね》をした覚えはねえ」

鬼岩が答えたとき、

「それは、わしが保証する」

と、太い響きわたるような声がした。

顔を向けると、さっき猛稽古をしていた金剛錦だった。

「こいつは関取」

金剛錦は色白の甘い顔だちで、女子に人気のある相撲取りだ。

「佐平次親分。お初にお目にかかりやす。なにか、こいつが面倒をおかけしたらしいですな」

「いや、そうじゃねえ。かえって、この鬼岩関に災難だったんだ」

そう言ってから、佐助はもう一度、あの侍と鬼岩の船上での出来事を話した。

「何の目的で、あの侍が鬼岩関に近づいたのか、ちと気になりましてね」

「そうですか」

金剛錦は眉を寄せた。

「関取、何か」

「あっ、いや」

あわてて、金剛錦は否定した。

「これから、十分に気を付けさせます」

金剛錦は礼儀正しく頭を下げたが、何か心当たりがありそうな気がした。

相撲部屋を出ると、少し離れた場所で、次助が隠れるように待っていた。

料理茶屋の前を過ぎたとき、次助が気になっていたようにきいた。

「どうだったんだ？　何かわかったのか」

「いや、鬼岩はまったく心当たりがないそうだ。そのことに間違いはなさそうだ。だが、師匠の金剛錦の顔色が変わったように思える」

平助が説明した。

「金剛錦が、か」

次助は深刻そうな顔になった。

「次助兄い。何か、思い当たることがあるのか」

「いや、しかとはわからねえが、金剛錦はある藩とちょっと因縁があるんだ」

「因縁？」

そのこともそうだが、次助が相撲界について詳しいことに、佐助は複雑な思いになったのだ。

やはり、次助は相撲の世界に愛着をもっているのだ。

「金剛錦には、黒竜山《こくりゅうざん》という強敵がいるんだ。その黒竜山は黒部《くろべ》藩のお抱え、金剛錦は大《おお》浜《はま》藩のお抱え力士なんだ」

次助が語り始めた。

戦国時代から有力大名は力士を抱えていたが、今でもその風潮は続いている。力士にとってもお抱えになるとその藩から扶持《ふち》をもらい、生活が安定する。いわば、力士にとって大名は経済的な後援者であった。

その代わり、化粧回しにも藩の印をつけ、藩の名誉を背負って相撲を取るのだ。

今年の春場所、九日目。金剛錦と黒竜山が全勝同士で対決した。

最初はお互いに突っ張り合い、やがてがっぷりと組み合い、投げの打ち合いとなった大勝負。最後は、金剛錦が右上手投げ、そこを黒竜山も投げを打ち返し、ほぼ同体で、ふたりは土俵下に落ちた。だが、軍配は黒竜山に上がった。すぐに物言いがついた。物言いをつけたのが、大浜藩に関係する関取だったから、納まらない。

黒部藩と大浜藩の藩士が睨《にら》み合うという事態にまで発展した。結局、取り直しになり、今度ははっきりと金剛錦が投げ飛ばした。

そうなると、黒部藩の侍が怒った。最初は勝っていたのだ。その勝ちを奪われたのだと騒ぎだし、黒部藩士と大浜藩士の間は一触即発の危機に陥った。

その場は、興行主が間に入ってなんとか騒ぎを納めたが、そのときの遺恨が、黒部藩のほうにまだあるのではないかというのがもっぱらの噂だった。

「なるほど。そうだとすると、今度の場所で、黒竜山は金剛錦に絶対に負けられないってことか」

平助が口許《くちもと》を歪《ゆが》めた。

「だからって、なぜ、鬼岩を襲うんだ？」

佐助が疑問を口にした。

「揺さぶりの可能性がある」

「揺さぶり？」

「金剛錦の動揺を誘うための威しとも考えられる。だとしたら……」

「だとしたら、何だ？」

「このままじゃ、すまねえ。まだ、何か仕掛けて来るかもしれねえ。なにしろ、黒竜山は絶対に負けられない身だ。どんな手を使ってでも、金剛錦に勝とうとするだろう」

次助は太い眉をひそめた。

あの侍は黒部藩の者で、わざと鬼岩を挑発して、その果てに無礼討ちにする企《たくら》みだった。

そう考えてよさそうな気もする。

だが、その証拠はない。

いずれにしろ、今度の場所は荒れそうだと、佐助は思った。

その夜、おうめ婆さんの給仕で夕飯を食べ終え、おうめ婆さんが引き上げたあと、次助が急にそわそわしだした。

「平助兄い、佐助。ちょっと出かけてくる」

「えっ、次助兄い、どこへ行くんだ?」

佐助は聞き違えたのかと思いながら、問い返した。

「いや、すぐ帰って来る」

次助は目を伏せて言い、そわそわと出かけて行った。

「珍しいな、次助兄いが出かけるなんて」

佐助は気になったが、平助は何も言わず書物に目を落としていた。

平助が相手をしてくれないので、佐助もそれ以上は口をきくわけにはいかなくなった。

次助がいないと、何か間が抜けたようで、落ち着かなかった。平助がいないときは、次助と肩を寄せ合って平助の帰りを待っているのだが、今平助は書物を読み耽《ふけ》っていて、佐助の相手をしてくれない。

最近、次助兄いは変じゃねえか。何度も平助にその言葉を言おうとしたが、そのたびに喉《のど》に引っかかって声にならなかった。

次助が帰って来たのは四つ(十時)近かった。

少し酒の匂《にお》いがした。佐助は何かききたそうにしたが、平助が黙っているので、やはり何も言い出せなかった。

ふとんに横たわったが、佐助はなかなか寝つけなかった。暗い部屋でも、次助が目を開けているのがわかったからだ。

ふとんは川の字に敷いて、真ん中に佐助が寝ている。右手の平助からは微かに寝息が聞こえるが、次助からはいつもの豪快な鼾《いびき》が聞こえて来ない。

目を開き、暗い天井を見つめているに違いない。

いったい、次助兄いはどこに行っていたのだろうか。酒を呑んでいたようだが、ひとりでどこかで呑んでいたのだろうか。そうだとすると、相撲のことを考えていたのかもしれない。

いや、ひとりで呑んでいたとは限らない。誰かと会っていた可能性もある。そうだ、そうに違いないと、一昨日のことを思い出した。

生駒屋から引き上げたあと、次助は外にいなかった。神田川のほうまで行って来たと言っていたが、あれは言い訳だ。

ほんとうは、どこかへ行って来たのではないか。そして、そこで誰かと会って来たのだ。相撲に関係している人物ではないのか。

「次助兄い」

佐助は声をかけた。

「なんだ、佐助。眠れないのか」

次助が応じた。

「次助兄いが起きているようだから」

「そうか。俺も眠るから、早く寝ろ」

そう言って、次助は寝返りを打ち、背中を向けた。

佐助は無性に寂しい気持ちに襲われた。

平助に好きな道を歩ませてあげたい。そのためには自分がしっかりしなければならない。平助兄いに好きな道を歩ませるために、これからはふたりでやっていけるように頑張ろうと話し合ったこともあった。

その次助が、じつは自分のやりたいことがあって悩んでいるらしい。次助兄いにも、好きな道を行かせてやりたい。

この前の、竹屋の渡し場での相撲振りからすれば、今からでもそこそこのところまで出世出来るような気がするのだ。

平助兄いにも次助兄いにも、好きな道を行かせてやりたい。心底、そう思うのだ。だが、それは、自分がひとりぼっちになってしまうことを意味する。

でも、俺だっていつまでも兄たちにおんぶに抱っこで生きていていいわけではないのだ。もういい加減、ひとりで生きていけるようにならなければだめなのだ。

そうだ。これはいい機会かもしれない。三兄弟はこれから別々にそれぞれの道を行くのだ。

だが、そのための大きな障害がある。それは、井原伊十郎の存在だ。

そもそも、佐平次親分を考え出したのが北町奉行所の定町廻り同心《じょうまちまわ》の井原伊十郎なのだ。伊十郎の思いつきの産物なのだが、佐助たちは伊十郎に首根っこを摑まれていた。

平助、次助、佐助の三兄弟は、佐助を女に化けさせての美人局《つつもたせ》をして、世の鼻の下の長い男たちを騙《だま》して金を稼いで来た小悪党であった。

佐助は歌舞伎役者も尻尾を巻くほどの美男で、顔の形、眉、目、鼻、口と美しく配置され、女に化ければ絶世の美女以上の女になった。だから、狙《ねら》いを定めた獲物は必ず手に入った。

さんざん暴れまわって来たが、とうとう年貢の納めどきがきてしまった。井原伊十郎に捕まってしまったのだ。

十両を盗めば首が飛ぶという。伊十郎からは獄門だと脅されたあとで、伊十郎がとんでもないことを言いだしたのだ。平助と次助を子分に、佐助を佐平次親分に仕立てて、正義の岡っ引きを江戸の町に送り出そうとしたのだ。

もともと、岡っ引きは同心が私的に使っている者だが、犯罪の捜索には悪の世界を知っている者のほうが好都合なこともあり、質《たち》のよくない男たちが岡っ引きとして使われていた。

こういった連中は悪い奴らの心の内もよくわかっており、また裏世界の事情に精通しているので、犯罪の取り締まりにはそれなりの成果を挙げて来た。

ところが、うまくいかないもので、岡っ引きは根っからの性悪が多いので、御用を笠《かさ》に着ての揺すり、たかりなどで、ふつうのひとから金品を巻き上げたり、女子にも悪さをするなど、岡っ引きの弊害が問題になっていた。

以前からもたびたび、岡っ引きを使うことを禁じる禁止令が出されていたが、やはり同心には岡っ引きが必要であり、禁止されると困るのは伊十郎たちである。

だが、このままではまたも禁止令が出されかねない。そこで、佐助たちを利用することを思いついたのだ。

頭が切れて、腕の立つ平助、力自慢の次助を子分に従えての色男の佐平次親分を登場させ、まず江戸の女たちの目を奪う。その上に、事件を解決させ、名親分という評価を得させ、さらに清廉潔白の正義の親分として活躍させる。

こうやって、岡っ引きに対する印象を高めさせようとしたのだ。

だが、佐助は複雑だった。自分は親分だから、威張っていればいい。子分に徹しなければならない平助と次助は弟に顎《あご》で使われるのだ。

佐助とて、特に佐平次でいたいわけではない。理想の親分を演じなければならず、そのために自分を律していなければならない。

それは苦しいことなのだ。ふたりの兄たちのことを考えれば、佐平次をやめたいのだ。

だが、井原伊十郎が、それを許さない。たってやめようとすると、おめえたちは獄門だ、と脅す。

美人局の罪を佐平次でいることで猶予してやっているだけだと言って憚《はばか》らない。今まで何度かやめようとしたが、そのたびに伊十郎に脅されてきたのだ。

平助と次助のふたりの兄に、好きな道を行かせるには、まず伊十郎を説き伏せなければならない。

あの伊十郎が素直に承諾してくれるとは思えない。どうすればいいのか。今、江戸を騒がせている事件を解決させ、伊十郎に手柄を立てさせ、それを条件に佐平次をやめさせてもらおう。

そう思ったが、佐平次をやめたあと、俺はどうやってひとりで生きていけばいいのかと胸が締め付けられた。そして、何も出来ない自分の無能さに涙が流れてきた。その涙は、兄たちと別れる辛《つら》さと哀《かな》しみの涙だと、やがて気づいた。

五

翌日、三人は神田須田町に住む、元岡っ引きの茂助《もすけ》の家を訪れた。

「茂助父っつあん、久しぶりだ」

佐助たちは茂助のことを、尊敬と親しみをこめて、父っつあんと呼んでいる。幼くして父を亡くした三人には茂助がほんとうの父親のようでもあった。

「おう、久しぶりだな」

茂助がうれしそうに顔を崩した。

「父っつあんも元気そうで」

たいがいの岡っ引きは女房に何らかの商売をやらせているのだが、茂助も例外ではなく、女房に一膳飯屋《いちぜんめしや》をやらせていた。

鬢《びん》に白いものが目立つが、まだまだ動きは達者だ。それでも、岡っ引き稼業の引退を決意したのはかみさんの病気のことがあるからだった。

その茂助を引き継いで井原伊十郎から手札を貰《もら》うようになったのが佐平次である。この佐平次は伊十郎が創り上げた親分だが、茂助は佐平次の指南役でもあった。

「次助。てえした評判じゃねえか」

茂助が目を細めて次助を讃えた。

「いえ、てえしたことはありません」

「相変わらず、次助は控えめだな。佐助みたいに、もっと威張っていいんだぜ」

「父っつあん。俺だって控えめだ」

佐助は抗議した。

「おう、そうだったな。まあ、いいじゃねえか。さあ、一杯やるか」

茂助は久しぶりに三人が来たのがうれしそうだった。

「父っつあん。ちょっとききてえんだが」

平助が切り出すと、

「なんでえ、せっかく遊びに来てくれたのかと思ったら、またそんなことか」

と、茂助は少し鼻白んだように言った。

「いや。そうじゃねえ。茂助父っつあんに会いに来たんだ。ついでに、教えてもらおうと思っただけなんだ」

珍しく平助があわてた。

「冗談だよ」

「なんだ、父っつあん。ひとが悪いな」

「おい、酒だ」

茂助が手を叩《たた》いた。

おかみさんがやって来た。

「あら、いらっしゃい。うちのひと、佐平次さんたちが来ないって、いつもぼやいていたんですよ」

「すいやせん」

佐助がぴょこんと頭を下げた。

すぐに燗《かん》をつけた酒を持って来てくれて、茂助と久しぶりに酒を酌み交わした。

ひとしきり、次助の大石を持ち上げた話で盛り上がったあと、

「ところで、平助。なんだ、きいてえことって」

と、茂助から催促した。

へえ、と平助が居住まいを正し、

「今、話に出た大天狗の使者のことです。次助のような怪力の持主だとしたら、以前にも怪力のことで世間に名が知られていたんじゃねえかと思ったんです。江戸で、怪力自慢の男たちについて何か思い出すことはありませんかえ」

「そうだな。俺の子どもの頃に、蔵前の大八《だいはち》という力持ちがいた。ほんとうの名は、大六《だいろく》って言うんだが、あるときを境に、世間じゃ大八と呼ぶようになったんだ」

そう言って、茂助が語り出した。

「大八はある米問屋に奉公していた。その近所の札差の娘が浅草田原町の商家に嫁ぐことになった。札差の家から、箪笥《たんす》など所帯道具一式を大八車に乗せて田原町に向かう途中、そのうちの一つの大八車の輪があまりの重さに壊れ、動かなくなってしまったのだ。大勢の男が出て来て動かそうとしたが、びくともしない。そのとき、大六が飛び出して来て、こともあろうに荷を載せた大八車を軽々と持ち上げてしまったのだ」

へえ、と佐助は感心した。

「大八車の輪の一つが壊れたため、曳《ひ》いて行くことはできない。そうと知った大六はそのまま頭上に花嫁道具を載せた大八車をかざして田原町の商家まで運んでやった。それ以来、大八と呼ぶようになった」

「へえ、人間業とは思えない。で、その大八はその後、どうしたんですね」

「それから評判を呼んで、あるときなど、大名のお屋敷に招かれて、その怪力を披露したり、すっかり有名人になってしまった」

「やっぱし、凄《すご》い力持ちっているもんだな」

佐助が感心すると、

「ところがな、あとがいけねえ」

「あとが？」

「そうだ。大八はそれこそ天狗になっちまった。俺に敵う相手はいないと自惚《うぬぼ》れ、あろうことか、天下の大関雷電を名指しして、俺には敵うまいとあちこちで吹聴《ふいちょう》したんだ」

「雷電って、雷電為右衛門《ためえもん》か」

「そうだ。雷電は無敵の大関だ。あまりにも強くて、かんぬきなどの技を禁止されたほどだ。だが、大八の怪力の評判もますます高まっていて、世間の期待がいやがおうでも盛り上がってしまったのだ。浅草の興行主がこれに乗ったのだ」

「それで」

佐助は身を乗り出した。

「だが、いくら、大八が挑発しても、雷電のほうはまったく応じなかった。だが、興行主が世間を煽った。と同時に、雷電は逃げているとあちこちで言いまくった。こうなると雷電も黙っているわけにはいかない。だが、それでも雷電は、自分は相撲取りだから相撲以外では相手をしないと答えたのだ。そうしたら、大八が相撲で結構だと言い切った。それでも、雷電が黙っていると、ついに雷電を抱えている雲州松江侯が、雷電に逃げるなとけしかけたのだ。それで、とうとう雷電は大八と相撲をとらざるを得なくなったのだ」

茂助が黙って茶碗《ちゃわん》を突き出した。佐助は徳利を持って酒を注《つ》いだ。

一口啜《すす》ってから、茂助は続けた。

「試合を浅草寺の境内で行うことになった。土俵が設《しつら》えられ、小屋掛けが出来て、たいへんな前人気だった」

佐助は手のひらの汗を手拭いで拭った。

「さあ、試合の当日だ。小屋掛けには大勢の見物人が押しかけた。だが、大八の相手として土俵に上がったのは雷電の弟子の勝稲妻《かちいなずま》という前頭の相撲取りだった。大八は怒った。だが、勝稲妻に勝ったら相手をすると雷電が言ったので、大八も不承不承認め、最初は勝稲妻と大八の対決となった」

「どうなりました?」

「勝負は呆気なくついた」

「えっ。どっちが勝ったんで?」

「どっちだと思う?」

「大八が負けたんですね」

平助が口をはさんだ。

「そうだ。大八は勝稲妻に土俵上で叩きつけられた。かっとなった大八がもう一度突っかかっていったが、今度は土俵の下に投げ飛ばされた」

「やっぱし、怪力だけじゃ、相撲には勝てないんですものね」

「そういうことだ。昔は力のあるものが相撲じゃ一番強かった。だが、だんだん相撲の技というものが生まれ、その稽古をし、習得したものには素人は歯が立たねえんだ。大八はそこんところを気づいていなかったんだ」

「で、大八はそれからどうしたんです?」

「江戸から離れた。恥ずかしくていられなかったのだろう、江戸から逃げたのだ」

「今、大八が生きていたら五十前後」

「うむ。そのぐらいだろう」

「平助兄い、大八のことが気になるのか」

「江戸には恨みを持っているだろう。どこへ流れたか知らないが、その後、どんな人生を送ったかな」

平助はしんみりと言った。

「俺はな」

と、茂助が言った。

「大天狗の使者っていう男は、大八の子どもじゃねえかと思ったことがある」

「大八には子どもがいたんでえ?」

「江戸にいるとき、いっしょに暮らしている女がいたんだ。その女を置いて逃げたんだが、大八はかなりの女好きだ。流れた先で、女に子を産ませた可能性もある」

「考えられるな」

平助が呟《つぶや》いた。

「おう、次助。やっているか。なんだか、おめえ、いつもの次助らしくねえな」

茂助が心配そうにきいた。

「そうかえ、俺はいつもと変わらねえぜ」

次助はしいて元気な声を出したが、どこか上の空のような気がした。

「それならいいんだが」

茂助が訝《いぶか》しげに小首を傾げた。

茂助も、次助の変化に気づいているのだ。佐助の胸がまたもや痛んだ。

ちょうど昼近くになって、昼食を御馳走《ごちそう》になってから、三人は茂助の家を辞去した。

柳原の土手沿いを両国に向かった。青空が広がり、秋の陽射しが柔らかく道に落ちている。

ふと、佐助は次助があらぬ方向に目を向けているのに気づいた。最近は常に次助に注意を向けているので、次助の変わった様子にすぐ気づくのだ。

次助の見ている彼方《かなた》に、相撲取りの一行が通って行く。

次助はすぐに目を逸らした。その一行を見ていたかどうかわからないが、その目に激しい感情が隠されているような気がした。

一行は両国橋を渡って行くのだろう。相撲取りの一行を追っていた目が、ある侍の姿をとらえた。

「兄い」

佐助は平助に声をかけた。

「あそこに行くのは、この前の侍じゃねえか」

「なに」

平助も目を光らせた。

色白の侍だ。どちらかというと痩身《そうしん》だが、筋肉質の体つきのようだ。

その侍は米沢町のほうから出て来た。相撲取りの一行は途中で、浅草御門のほうに逸れたが、侍は両国橋を渡って行く。

「よし、つけよう」

遠くに、侍の姿を目にいれながら、三人は両国橋に差しかかった。往来のひとは多く、ひとの陰に見え隠れする。橋を渡るまでは見失うことはないが、橋を渡り切ったあと、どっちに行くか。

まず平助がひとりで侍に近づいて行った。その平助を佐助が追い、佐助を目印に、次助がついて来る。

橋を渡ると、竪川《たてかわ》のほうに向かった。そして、竪川に出ると、一ノ橋を渡ってすぐに左に折れ、川沿いを東に向かった。

二ノ橋、三ノ橋を横目に見て、侍はさらに先を進んだ。

南辻橋の手前で右に折れるのが見えた。平助がそのあとについて曲がって行った。今度は堀沿いを南に向かった。

小名木川《おなぎがわ》に架かる新高橋を渡り、さらに、仙台堀を越えた。

どこぞの藩の下屋敷に入るに違いないと思った。

築地塀の屋敷が見える前で、平助の足が止まった。

佐助は足早に平助の元に駆け寄り、やがて次助も追いついて来た。

「奴はここに入った」

「ここは?」

「黒部藩の下屋敷だ」

「黒部藩?」

そう叫んだのは次助だった。

「黒竜山のお抱えが黒部藩だ」

「そうか、やっぱしそうだったたんだ。竹屋の渡し場の騒ぎは、黒部藩の侍が鬼岩を無礼討ちで殺そうとしたんだ」

佐助が決めつけると、平助がすぐ応じた。

「まだ、はっきりした証拠があるわけじゃねえから迂闊《うかつ》なことは言えねえが、おそらくそんなところだろうぜ」

次助があらぬほうを見ていたので、佐助は気になった。その先はただ下屋敷の塀が続き、さらに田圃が広がっているだけだ。

何かを考えているのだ。またも、次助の心を訝った。

「黒竜山のいる相撲部屋はどこにあるか知っているか」

平助が次助にきいた。

次助ははっと我に返ったようになって、

「黒竜山？　ああ、それは確か八幡《はちまん》さまの近くだ」

と、あわてて答えた。

富が岡八幡宮の傍らしい。

「ちょっと様子を見てみよう」

ここからはそんな距離ではない。

材木置場を通り、堀を渡り、やがて富が岡八幡宮の鐘楼の櫓《やぐら》が見えて来た。

途中、ひとに訊ねて、相撲部屋がわかった。

もうこの時間は稽古を終えており、相撲部屋も閑散としていた。力士たちは外出しているのだろう。

そのまま引き上げようとしたとき、八幡宮の参道をのし歩いて来る大男を見つけた。

肩から背中にかけて黒い竜が刺繍《ししゅう》してある着物を着た、上背も横幅もある大男だ。黒竜山に違いない。

付き人を従え、周囲を睥睨《へいげい》するように歩いて来た。

佐助たちとすれ違うとき、黒竜山は次助を横目で睨み付けた。異様な空気を漂わせ、一行は去って行った。

「あれが黒竜山か」

佐助はその迫力に足が震えていた。

「ずいぶん殺気立っているような感じがする」

平助は冷静に観察していたようだ。


その夜、夕飯を食べ終わったあと、平助はいつものように本を読み始めた。ところが、次助は濡れ縁に出て、夜空を見ていた。

きょうも歩き回って疲れているはずなのに、腰を揉めと言うのを忘れたように、夜空を見上げている。最近の次助はどこか元気がない。

佐助が心配していると、格子戸が開く音がした。はっとしたが、伊十郎の開ける音ではなかった。

葭町《よしちょう》の芸者小染《こそめ》の家からの使いだった。

小染が風邪を引いて今夜はお座敷を休み、家で寝ているというのだった。

「兄い。ちょっと行ってやりたいんだけど、いいかな」

佐助はふたりの顔を交互に見た。

「いいぜ、行ってきな」

「すまねえ」

佐助は飛んで行った。

佐平次は清廉潔白でなくてはならず、女は厳禁ということになっている。その誓いを守っている佐助だが、小染だけは別だった。

小染はうりざね顔の富士額。器量もよく、踊りも唄も上手で一番の売れっ子だが、鼻っ柱が強いので有名だ。おまけに、男嫌いで通っている。だから、小染と佐平次が世間的には結びつくはずはなく、ふたりの付き合いは誰にも知られずにいる。

家に行くと、小染は臥《ふ》せっていた。

「ああ、佐平次親分。来てくだすったんですねえ」

小染がか細い声を出した。

「どうだえ、具合は？」

「熱があるみたいで、体がだるいんですよ」

「医者へは行ったのかえ」

「ええ、ぐっすり眠ることですって。ここんとこ、忙しかったんですよ。ちょっと無理したのがいけなかったのかもしれません」

小染が手を差し出して来た。

佐助はその手を両手で握った。少し熱かった。

「こうなると、ずっとおめえのそばにいてやりてえ」

「うれしいわ、親分」

ふと、佐助は次助のことに思いをはせた。

次助に相撲の世界に行ってもらいたい。そのためには佐平次親分を廃業しなければならない。伊十郎の件があるにせよ、佐平次を廃業し、自分ひとりで生きて行くとなったら、俺には何が出来るだろうか。

「小染。おめえは俺のどこが好きなんだ?」

小染がきょとんとした目を向けた。

「親分。へんなことをきくのねえ」

「そうかえ。ただ、ちょっと気になってな」

「親分のことなら、誰だって惚れちまいますよ。その男っぷりに。だから、あたしは心配。いつ、他の女にとられちまうんじゃないかって」

「俺はそんな不実な男じゃねえ」

「ええ、わかっています。男気があって、正義感が強く、弱いものにはやさしい。佐平次親分は男の中の男」

「もしも、俺が岡っ引きをやめたら、おめえはどう思う?」

「えっ?」

「もしもの話だ」

「いやですわ。やっぱり、佐平次親分には世のため、ひとのために働いてもらいたいと思います。だって、誰にも佐平次親分の代わりなんて出来っこないんですもの」

やはり、小染が惚れているのは、佐平次なのだ。決して佐助ではない。

実際の佐助が佐平次とは似ても似つかぬ弱虫の情けない男だと知ったら、小染はどう思うだろうか。

さぞ、がっかりし、幻滅することだろう。

「親分、どうなすったんですか」

「あっ、いや、なんでもねえ」

「親分、あたしはいつも夢見るんですよ。親分のおかみさんになって、親分のお食事の世話をしたり、着物の綻びを縫ったり」

「小染、いつそんな日が来るかな」

「親分、きっと来ます。ねえ、そうでしょう」

「ああ、きっと来る。その日まで、我慢だ」

「はい」

にこりと、小染は白い歯を見せた。

だが、小染はだるそうだった。

「そろそろ、帰る。あんまし長居したら、体に障る。ゆっくり休むんだぜ」

「ずっとそばにいてもらいたいけど、それは欲張りね。親分、ありがとう」

「うむ。じゃあ、な」

佐助は腰を浮かせた。

人目を避けて注意深く、小染の家を出て、自分の家に戻った。

次助の姿がなかった。

「次助兄いは？」

相変わらず、本を読んでいる平助にきいた。

「出かけたぜ」

「出かけた？」

佐助は胸が苦しくなって、

「次助兄いは、近頃へんじゃねえか」

と、きいた。

「次助にも、ひとりになりたいときだってあるさ」

「でも、最近、ずっと様子が変だ」

「今まで、次助は俺たちの陰に隠れて、自分を出さないようにしていた。そのことのほうが、俺には心配だった。次助がひとりで外に出るようになって、かえってよかったと、俺は思っているんだ。おめえも、そう思うことだ」

平助は意に介していないようだ。

「次助兄いは、今でも相撲取りに未練があるんじゃないのか。この前から出かけているのは、昔の仲間に会いに行っているんじゃねえのか」

「さあな」

「さあなって。兄いは、そう思わねえのか」

「だからって、どうだってんだ？」

「えっ」

佐助は覚えずきき返した。

「次助が誰に会っているか、勝手に想像しても仕方ないだろうぜ。ひょっとしたら、次助にだって、いい女が出来たのかもしれない。そう思えば、微笑《ほほえ》ましいじゃねえか」

「兄い、ほんとうなのか。次助兄いに女が出来たって？」

「あいつは見かけはおっかなそうだが、根は優しい人間なんだ。そんな次助のよさをわかってくれる女がいないとも限らないってことだ」

相撲取りになりたいなら、今からでもその道に進ませてやりたい。そう言おうとしたのだが、女のことを持ち出されて、佐助は言いよどんだ。

第三章　次助の秘め事

一

江戸の場末である深川、本所界隈《かいわい》は川が入り組み、ときおり死体が発見される。喧嘩《けんか》などで殺してしまった相手を犬や猫の死骸《しがい》を捨てるように平気でうっちゃって行くのだ。身元のわからない死体はそのままになってしまう。

今も北十間川から男の死体が発見された。佐助が駆けつけたとき、すでに長蔵と押田敬四郎が来ていた。

「まただぜ」

長蔵が佐助の顔を見て口許《くちもと》を歪《ゆが》めた。

「またって、もう身元がわかったんですかえ」

「俺の手下が顔を知っていたのよ。今、確認のために店の者を迎えに行かせた」

長蔵は胸をそらすように言う。

「ちょっと死体を見させてもらっていいですかえ」

「いいぜ」

長蔵の返事を受け、すぐに平助が筵《むしろ》をめくった。

ずんぐりむっくりの男だ。胸に黒い穴が空いていた。刃物で突き刺された傷だ。

「こいつは死んでから間がねえですぜ、親分。おそらく、殺《や》られたのはゆうべの夜中」

平助が見立てを言う。

「そうだな」

佐助は鷹揚《おうよう》に頷《うなず》く。

「この前の伊兵衛は頸《くび》を絞められてましたぜ。同じ下手人にしては手口が違いますねえ」

平助が長蔵に聞こえよがしに言った。

「ふん。いつも同じ方法で殺るとは限るめえ」

長蔵が嘲笑《ちょうしょう》しながら言う。

そこに、中年の男が駆けつけてきた。

長蔵が声をかけた。

「『平野屋』の番頭さんかえ」

「はい」

「そうか。じゃあ、さっそく見てもらおうか」

長蔵は『平野屋』の番頭を死体の傍《そば》に連れて行った。『平野屋』は本所松井町にある酒屋だという。

長蔵の子分が筵をめくる。

おそるおそる、番頭は死体を覗《のぞ》いた。

「あっ、常吉《つねきち》」

番頭が悲鳴を上げた。

「やっぱし、おたくの手代の常吉さんですね」

「はい。常吉に間違いありません。ゆうべ、店を抜け出した切り、今朝になっても帰って来ないので心配していたところです」

番頭は死体から離れるように遠ざかった。それを追うように、長蔵はついて行き、

「ゆうべ、常吉が店を抜け出したのは何時ごろだね」

「はい。五つ半（九時）をまわっていた頃かと思います」

「どこへ行ったのか、わからないのかえ」

「ときたま、遊びに行っていましたから、また女のところだろうと思っていたのですが」

「どこの女か、わからねえか」

「知りません。常吉は、詳しいことは何も言いませんから。でも、いい女がいるということは話していました」

「そうかえ」

長蔵は含み笑いをし、

「じゃあ、あとで旦那《だんな》に事情をききにいくからと伝えてくだせえ」

と、番頭を送り出した。

「佐平次、聞いた通りだ。悪いが、『平野屋』へは俺が当たるから、おめえは家でのんび

りしていいぜ」

長蔵は自信に満ちた顔で、

「おう、おめえたち。この近辺でゆうべの目撃者を見つけろ」

と、子分たちに怒鳴るように命じてから、

「じゃあ、旦那。『平野屋』に行ってみましょうか」

押田敬四郎は頷いたが、その目が険しくある方向に向いていた。その方角から、着流しに巻羽織の同心がやって来た。井原伊十郎だ。

「なんだ、井原。今ごろやって来たのか」

押田敬四郎は鼻であしらい、

「じゃあな」

と、長蔵と並んで足早に去って行った。

伊十郎のこめかみがぴくぴくしている。怒りを抑えているのだ。

伊十郎がゆっくり佐助のところに近づいて来た。

「また、奴らに先を越されたのか」

伊十郎が声を震わせて言う。

「長蔵親分はこっちのほうを重点的に歩き回っていたんで、現場にすぐ駆けつけてこれたようです」

「すぐに駆けつけてこれただと？　いやに呑気《のんき》に言うじゃねえか。で、どうなんだ、一連の事件との関連は？」

周囲の耳を気にして、伊十郎は人気のない場所に移動しながらきく。

「最初に見つかった『木曾屋』の手代殺しとの関連はわかりませんが、少なくとも、伊兵衛殺しとは別ですぜ。ただ、長蔵たちは同じ下手人だと見ているようですがね」

長蔵たちが追っているのは、『木曾屋』の手代の吉松という男が殺された事件だ。

吉松は店の金を持って姿を晦《くら》ましていた。それで、長蔵は伊兵衛殺しと関連して調べている。

「だが、このふた月ばかりの間で、この近辺で三人の死体が発見されたんだ。無関係とも思えねえが」

伊十郎は焦ったように、

「それに、長蔵たちがあんなに自信満々なのは犯人の目星がついているからじゃねえのか。場合によっちゃ、伊兵衛殺しまで向こうに手柄を持っていかれてしまうかもしれねえ」

吉松は集金した金三十両を持ったまま行方を晦ましたので、『木曾屋』の主人はてっきり持ち逃げしたのだろうと思い、世間体を考えて、そのまま泣き寝入りをしたのだという。

ところが、その噂《うわさ》を聞きつけて、長蔵が『木曾屋』に押しかけて、事情を聞き出した。

おりもおり、伊兵衛の死体も見つかり、長蔵たちがすわ同じ事件だと思い込んでいるのだ。

「このふた月以内に、集金帰りの男が相次いで殺されたといっても、それは偶然かもしれませんぜ」

「どうして、そう言えるのだ。集金帰りを狙《ねら》った、同じ犯人による強盗事件の可能性も出て来たんだ」

伊十郎はいらだって、

「いいか、押田敬四郎と長蔵に負けるんじゃねえぜ」

「旦那」

行きかけた伊十郎を平助が呼び止めた。

「なんだ？」

「あっしらは、伊兵衛殺しを追っているんで、吉松殺しや今度の殺しは長蔵親分に任せるつもりでいるんですよ」

「だったら、伊兵衛殺しの犯人を早く上げるんだな。そうじゃないと、それも向こうに持っていかれてしまうぜ」

伊十郎はさっさと引き上げた。

「兄い」

次助が平助に真顔で迫った。

「伊兵衛殺しはほんとうにあの連中なんだろうか」

「次助、どういうことだ？」

「いや。なんとなく、そんな感じがしただけだ」

あわてて、次助が引き下がった。

事件のことについて、次助が平助の意見に異を唱えたのは初めてだ。

しかし、平助は何も言わなかった。


その二日後の夕方、佐助たちが長谷川町の家に帰り、夕飯を食べ終ったとき、格子戸を乱暴に開けて、井原伊十郎が飛び込んで来た。

血相を変え、伊十郎は、

「やい、佐平次。何をしていやがったんだ」

と、大声を張り上げた。

何のことかわからず、

「旦那、いってえ、何があったんですかえ。お茶でもいれましょうか」

と、佐助はのんびりときいた。

「何を呑気なことを言っていやがるんだ。長蔵と押田敬四郎が下手人を捕まえちまったんだ」

「下手人？」

「例の事件だ。伊兵衛殺しも含まれている」

「えっ、まさか」

平助もまだ事件の筋が摑《つか》めずにいたのに、長蔵はどうして、下手人に行き着いたというのか。

長蔵たちに出し抜かれ、伊十郎は虫の居所が悪い。

「誰なんですね、捕まったのは？」

「本所石原町で『春の家』という淫売宿を営む銑三《せんぞう》という男だ。この銑三は柳橋の船宿に勤めていた元船頭だ。そこを辞めて、元吉原にいた情婦のお秀《ひで》といっしょに石原町の旅籠《はたご》の集まっている裏手で、淫売宿をはじめたのだ。『木曾屋』の吉松はそこの客だったそうだ。こいつは銑三も認めているぜ」

「で、銑三が殺したという証拠はあるんですかえ」

平助は落ち着いていた。

「証拠を持ち出す前に、今話しただけでも、疑いは十分じゃねえか。遊びに来た吉松がたんまり金を持っているのを知って、それを奪おうとしたのだ。死体は船で運んだんだ。それより何より、銑三の淫売宿はあまり流行《はや》っちゃいなかった。そのために、だいそれたことを考えたのだ」

「旦那のお言葉ですが、それだけで、その者を強盗殺人の疑いで捕まえるのは無茶ってものですぜ」

「ほう、平助。自分たちのお粗末さを棚に上げて、いやに、でけえ口を叩《たた》くじゃねえか」

伊十郎の目が据わっているのは、本気で怒っているのだろう。佐助は、はらはらしながら平助の顔を見た。

「旦那。伊兵衛が、その淫売宿に通っていたって証拠はあるんですかえ」

「内緒で通っていたんだろうからな。いずれ、銕三が白状すればわかる」

「つまり、伊兵衛は外出したついでに集金の金を持って、その淫売宿に行った。それで、銕三に目をつけられたってわけですね」

「そういうことだ」

伊十郎は吐き捨てるように言ってから、

「『平野屋』の常吉って男も、淫売宿に通っていたことははっきりしている」

「じゃあ、伊兵衛だけがはっきりしないんですね」

「伊兵衛は大店の番頭って立場上、誰にも知られずに通っていたってことだ」

「銕三はどう言っているんですね」

「そこまでは聞いちゃいねえ」

「たぶん、銕三は認めていねえんじゃねえですかえ。もし、伊兵衛が通っているとしたら、どうして銕三は伊兵衛のことを否定するのか」

「それを、これから調べるんだろうぜ」

伊十郎は面倒くさそうに、

「どうでもいいが、長蔵たちに遅れをとったことに変わりはないんだ」

と言って、口許を歪めた。

「長蔵親分はいいよな。いつも、押田の旦那がいっしょに動いてくれるものな」

佐助はわざとらしくぼやいて見せた。

「おい、佐平次。今、何と言った？」

「おや、聞こえましたかえ」

佐助は腹の虫を抑えかねて、

「あっしらだけに働かせて、自分は好き勝手なことをして、手柄だけは独り占め。どこかの旦那とえらい違いだと、独り言を言っただけですよ」

「なんだと、もう一遍、言ってみやがれ」

伊十郎が眦《まなじり》をつり上げた。

「ああ、何度でも言ってやりますぜ。自分は後家だか、妾《めかけ》だか知りませんが、どっかの年《と》増《し》といちゃついていながら、他人に獲物を攫《さら》われたと食ってかかる。それじゃ、世間には通らないんじゃないですかと言っているんですよ」

伊十郎のこめかみが痙攣《けいれん》した。

「こっちだって、人間ですからね。そんな冷たい旦那に使われているより、さっさと佐平次を辞めちまったほうがすっきりするってもんだ」

佐助は拳《こぶし》を握りしめた。この際だから、はっきり言ってやろうと覚悟を固めたのだ。

「旦那、あっしらだって人間だ。いつもいつも自分を律して行くのは並大抵のことじゃねえ。それを強いている旦那が勝手な真似《まね》をしている」

「佐平次。てめえ、自分が何を言っているのか、わかっているのか」

伊十郎の声は怒りで震えていた。

「もちろんですぜ。おっと、旦那の言うことはわかっている。おめえたちを助けたのは誰だって言いたいんでしょう。でもね、旦那」

佐助は叫ぶうちに、だんだん冷静になってきた。

「もし、旦那が昔の罪であっしたちを裁くというなら、そいつはそれで仕方ねえ。獄門だろうが、何でもしてくれ。だが、こういっちゃ何だが、今や佐平次は江戸の英雄ですぜ。その佐平次親分を獄門にしたとあっては、旦那は江戸のひとびとの半分以上は敵にまわすことになりやすぜ。聞き込みに行っても、佐平次を殺した同心だと後ろ指を指されるのは間違いねえ。いいんですかえ。そんなことになっても」

「佐平次、言ってくれるじゃねえか」

伊十郎は白い目を剝《む》き、

「ほんとうに、そうなるかどうか、やってみようじゃねえか」

と、血迷ったように言った。

「旦那が、そう決心したんじゃ仕方ねえ」

佐助は居直ったようにあぐらをかいた。

いつにない佐助の強気に、伊十郎の目が気弱そうに泳ぎ、平助の顔で止まった。

平助と次助も、そんな佐助に目を丸くしていた。

「旦那。長蔵が捕まえた男ってのも、まだ真犯人かどうかもわからねえんですぜ。だから、まだ騒ぎ立てることはねえと思うんですがねえ」

平助がおもむろに口を開いた。

「平助の言うとおりかもしれねえな」

ほっとしたように、伊十郎は呟《つぶや》くように言った。

どうやら、平助が間に入るのを期待していたようだ。

「で、平助。どうなんだ？ 下手人は銑三じゃねえと言うのか」

それまでの怒りはどこへやら、伊十郎は話を元に戻した。

「まあ、明日にでも長蔵親分に会ってみますよ」

「頼んだぜ」

佐助のほうを見ようともせずに、伊十郎は逃げるように出て行った。

「佐助、きょうはずいぶんと旦那に突っかかっていったな」

平助が顔色を窺《うかが》うように言う。

「別に。ただ、井原の旦那の勝手な言い種《ぐさ》が気に入らなかっただけさ」

佐助は顔をそむけた。

それから、しばらくして、次助が、

「俺、ちょっと出かけて来る」

と遠慮がちに言い、そそくさと外に出て行った。

格子戸が閉まった音を確かめて、

「兄い。俺も、ちょっと出て来る。小染のところだ」

と言い、佐助は平助の不審そうな顔を残して家を出た。

次助は人形町通りを北に向かった。隅田川と反対方向だ。まだ、夜は早く、道行くひとも多い。

佐平次と知って挨拶《あいさつ》をして来る者もいて、尾行には鬱陶《うっとう》しいが、次助は図体《ずうたい》がでかいので、見失う心配はなさそうだった。それに、佐助が尾行しているなどとは露にも思っていないはずだ。

次助は通旅籠町に出てから東に向かった。足早だ。

やがて、次助は浅草御門を抜け、浅草福井町の裏長屋に入って行った。次助の秘密に迫っていると思うと、心の臓が痛くなった。

佐助は遅れて、徳右衛門店という長屋の露地に入った。一番奥の家に次助が消えるのを見た。

そこに向かう途中、家々の腰高障子の内側から話し声や笑い声が聞こえてくる。とうに夕餉《ゆうげ》も終え、寝る前の団欒《だんらん》の一時を過ごしているのだろう。

佐助は、次助が訪れた家の前に立った。腰高障子の前を行き過ぎ、連子《れんじ》格子の窓の隙間《すきま》から中を覗こうとしたが、中は見えない。

気づかれてはいけないと思い、佐助はそのまま引き上げた。

二

翌朝、佐助たちは神田佐久間町にある大番屋の戸を開けた。

すでに長蔵と押田敬四郎が来ていて、銑三の取調べを始めていた。

「長蔵親分。お手柄でしたねえ。下手人を捕まえたそうじゃねえですか」

佐助は世辞を言いながら土間に入って行った。

「おう、佐平次か。悪いが、おめえたちの先を越えさせてもらったぜ」

長蔵が含み笑いをした。

「いや、俺たちのことはいいんだ。ただ、伊兵衛殺しの件もあるのでやって来た。伊兵衛殺しも認めたのですかえ」

佐助は小面憎い顔の長蔵におとなしくきいた。

「いや、まだだ。これから取調べる。まあ、間違えはねえがな」

自信たっぷりに胸をそらし、長蔵は仮牢《かりろう》に目をやった。

ふたりの男女が後ろ手に縛られていた。四十前後と思われるやくざふうの男と、二十七、八の女だ。

「何者なんで?」

佐助が仮牢に目をやってきいた。

「鉄三と、その情婦のお秀だ。本所石原町で、若い女ひとりを使って淫売宿をやっていた。最近、店を畳んで逃げようと図ったのをとっ捕まえたのだ」

決められた場所以外での売春は禁じられている。もちろん、石原町は禁じられているのだ。

「殺された吉松は、その淫売宿の客だったってわけですね」

「そうだ。吉松が店の金を持っていたのに目をつけ、金目的で殺して北十間川に捨てたってわけだ」

「長蔵。そろそろはじめるぜ」

押田敬四郎が上がり框《かまち》に腰を下ろして言った。

顎《あご》をしゃくり、長蔵は目顔で、手下にふたりを連れて来るように言った。

鉄三とお秀が後ろ手に縛られたまま土間に連れて来られた。ふたりとも、ぐったりとしている。ゆうべ、相当責められたことを窺わせる。

「おい、鉄三。一晩頭を冷やして正直に言う気になったか」

長蔵が十手《じって》の先を鉄三の顎の下に入れ、顔を上げさせた。

「あっしらは殺っていねえ。何度も言うとおり、吉松は病気で死んじまったんだ。だから、死体を捨てたんだ」

「ほんとうなんです。吉松さんは、あたしと何をしている最中に急に苦しがって……」

お秀も訴えている。

長蔵は口許に冷笑を浮かべ、

「まだ、反省してねえな」

と、十手で銑三の頬《ほお》を軽く叩いた。

「病気だったら、なぜ医者を呼ばなかったんだ?」

「こんな商売をしていることがばれちまうからです」

「少しぐらい金をつかませれば、医者だって黙っているはずだぜ。最初から吉松の持っていた金を手にいれようとしたんじゃねえのか」

「違います」

銑三の声が弱々しかった。

殺したかどうかは別として、吉松の死体を川に棄てたのはこのふたりに間違いなさそうだ。だが、佐助が知りたいのは伊兵衛のことだ。

なかなか、伊兵衛の件に話はいきそうもないので、佐助は平助と顔を見合わせてから、長蔵に催促しようかと思っていると、佐助の気持ちが通じたかのように長蔵が伊兵衛のことを持ち出した。

「『大泉屋』の伊兵衛も、おめえのところの客だったんだな」

「違います。そんなひとは知らねえ」

「しらっぱくれるんじゃねえ」

長蔵の大声が天井に響いた。

「伊兵衛は米沢町の『仙石屋』へ集金に行った帰りに、おめえのところに寄ったんだ。お秀が相手をしていたが、集金の金を持っていると知り、銕三に相談し、ふたりで伊兵衛を殺した。どうだ、間違いあるめえ」

長蔵は、銕三が客の金を奪うことを常習としていると見ているのだ。

「違う。伊兵衛って男は知らねえ」

銕三が訴える。

「そう言うしかねえものな。伊兵衛まで病気で死んだからという言い訳は立たねえからな。だから、知らぬ存ぜぬか」

「知らねえんだ。ほんとうだ」

「親分さん。ほんとうです」

お秀も髪を乱して訴える。

「あたしは正直にお話ししているんですよ。伊兵衛ってひとはうちに来たことは一度もありませんよ」

「じゃあ、常吉はどうだ?」

本所松井町の酒屋『平野屋』の奉公人だ。

「あのひとはうちの客でした」

銕三は答え、

「でも、あの男はあの夜は『春の家』に来ちゃいねえ」

「嘘《うそ》は通用しねえぜ。常吉はな、あの夜、店を閉めた五つ半過ぎ、外出しているんだ」

「でも、うちには来ていねえ」

鉄三は力なく答えた。

「おい、鉄三」

それまで黙って見ていた押田敬四郎が野太い声を発した。

「てめえ、自分の今の状況をわきまえているのか。このふた月で、三人の男を殺した疑いがかかっているんだ」

「旦那。それは違います」

鉄三が身を乗り出して訴えた。

「黙りやがれ」

押田敬四郎が怒鳴った。

「言い逃れなんか出来ねえんだ。常吉がおめえの店に出入りをしていたことはわかっているんだ。おまえの店で働いていた女の馴染《なじ》みだったそうじゃねえか。それに、あの夜、常吉は店の金十両ぐれえ持っていた」

「そんなはずはねえ」

「鉄三。観念して、有体に言いやがれ」

横合いから長蔵が鉄三の肩に足蹴《あしげ》を入れた。あっと悲鳴を上げて、鉄三がひっくり返った。

「あっしは正直に話しています」

鉄三はどうにか体を起こして言う。

「じゃあ、なぜ、『春の家』を畳んで、突然逃げ出そうとしたのだ？」

「吉松のことで、長蔵親分に目をつけられていて、そこに常吉の死体が発見された。ますます、俺に疑いがかかると、怖くなって逃げ出そうとしたんです」

「吉松が病死なら、そんなびくつくこともなかったんじゃねえのか」

押田敬四郎が睨《にら》み付ける。

「いえ。亡骸《なきがら》を棄てておりますし……」

「どこへ行こうとしたんだ？」

「へい。こいつの故郷が佐野の大師さまの近くなんです。で、しばらく、そこでほとぼりを冷まそうかと」

鉄三はお秀を見て言った。

お秀はさっきから佐助のほうに目を向けていたが、突然、佐助に向かって、

「佐平次親分、どうぞ、お助けを」

と、悲しい目をくれた。

「この野郎」

長蔵がお秀に足蹴を入れた。

お秀は仰向けにひっくり返り、白い太股《ふともも》が露《あらわ》になった。

覚えず、助け起こそうとしたのを平助が佐助の腕をとって引き止めた。

「引き上げよう」

平助が耳元で囁《ささや》いた。

「押田の旦那に長蔵親分。お邪魔しやした」

佐助はふたりに挨拶をして大番屋を出た。

「兄い。どうするんだ？」

「伊兵衛殺しは、銑三の仕業とは思えねえが、あとの二つはわからねえ。こっちも、銑三たちのことを調べてみようじゃねえか」

神田佐久間町から両国橋を渡り、深川森下町にある材木問屋『木曾屋』にやって来た。裏に材木が立てかけてある。

『木曾屋』は材木商としては中ぐらいの規模だが、老舗《しにせ》であり、店の信用も高い。そういう店にとっては手代が店の金を持って逃亡したというのは世間体が悪いのだろう。

例によって、外に次助を待たせ、暖簾《のれん》をくぐった。

土間に入ると、前掛けをした番頭らしい男が表情を強張《こわば》らせた。紺の股引《ももひ》きに尻端《しりはしょ》折りの格好から、とっさに岡っ引きとわかったのだろう。

が、すぐにほっとしたように表情を和らげた。

「これは佐平次親分ではございませんか」

面識はないが、瓦版《かわらばん》でもよく取り上げられているので、番頭は佐平次のことを知っていた。

「てっきり、長蔵親分がやって来たのかと思いました。申し訳ありません」

「いや。ご主人はいらっしゃいますかえ」

「はい、ただ今」

番頭が奥に引っ込み、入れ替わるようにでっぷりした男が出て来た。

「『木曾屋』の彦右衛門《ひこえもん》でございます。さあ、どうぞ、こちらへ」

いつもそうだが、相手は佐平次親分には敬意を払い、客間に通してくれる。店の奉公人たち、中でも女中たちが顔を出して佐助に熱い眼差《まなざ》しを送っていた。

佐助は親分らしい貫禄《かんろく》で、鷹揚に会釈を返して、廊下伝いに、庭に面した部屋に向かった。

「家内でございます」

内儀が挨拶に顔を出し、主人の彦右衛門の横に並んだ。

「長蔵親分がたびたびやって来ていたと思いますが、今度はあっしが押しかけて申し訳ありやせん」

佐助は詫《わ》びた。

「いえ、とんでもありませぬ。こんなことを申してはなんですが、あの方たちは、あっ、いえ、こちらのことで」

「失礼な振る舞いがありましたか。申し訳ありません」

「いえ、親分さんに謝っていただいては恐縮です」

そう言ったが、木曾屋は頭を上げてから、

「けど、ほんとうに、私たちは、昔からお上《かみ》の御用を請け負われている方々には泣かされておりました。でも、佐平次親分のおかげでずいぶんましになったのでございますよ」

「そうですか」

いずれにしろ、長蔵たちの態度は堅気のひとたちにとっては迷惑なものなのに違いない。そういう意味で言えば、佐平次親分を誕生させた井原伊十郎の思惑は見事に当たったと言えるのだろう。

「さっそくですが、こちらの吉松という手代が、突然行方不明になり、その後死体で発見されたということですが」

「私どもはてっきり吉松が店の金を持ち逃げしたものとばかり思っておりました。ところが、北十間川で死体で見つかったんです」

「吉松という手代はどんな人間だったんです？」

「はい。じきに番頭にしようと思っておりました。ですから、夜も仕事が終われば自由に外出もさせておりました。集金を任せるくらいですから、真面目《まじめ》で信用出来る人間であることは間違いありません。ただ、根が真面目なだけに、いったん女に惚《ほ》れると一途《いちず》になってしまう。そんな面があったのかもしれません」

「すると、そんな女がいたことは知っていたんですね」

「ええ。ときたま、夜、番頭の目を盗んでこっそり抜け出していたようです」

「どこへ行くのか、本人は何も話していなかったのですね」

「そうです。本人も親しくしている朋輩《ほうばい》にも言わなかったのです。長蔵親分から、吉松が足繁《あししげ》く通っているのは、違法な商売をしている本所石原町の『春の家』という店だと聞いて、はじめて合点がいきました」

「ふだんから、吉松は集金に行くのですかえ」

「いえ、番頭が行けないときだけです」

「すると、あの日、吉松が集金に行くことを知っていたのは誰と誰なのでしょうか」

「店以外の者は知らないはずです。店の者にしても、番頭以外は知らないはずです」

「番頭さんの代わりに集金に行くと決まったのは、集金日の何日ぐらい前でしたか」

「三日前でした」

「その三日間で、夜、吉松は出かけましたか」

「いえ。その前の十日間ぐらい、毎夜遅くまで仕事をしておりました。だから、遊びには出ていません」

「吉松は外出した際に、どこか寄り道して来るようなことは今までにありましたか」

「はい。一度、帰りが遅かったので、きいたことがあります。すると、お稲荷《いなり》さんに願掛けに寄って来たと言っていました」

「願掛けねえ」

どうやら、吉松は外出の際に、淫売宿まで遊びに行ったりしていたのかもしれない。あの日もそれまで店が忙しく、夜に遊びに行く時間がとれなかったので、集金のために外出した機会に、『春の家』に足を向けたということは十分に考えられる。

この点は長蔵親分の考えたとおりだと思った。

ただ、言えることは、吉松には店の金を持ち逃げする意思はなかったということだ。親の形見を店に置きっぱなしだというからだ。

「佐平次親分。やはり、吉松は『春の家』の主人に殺されたのでしょうか」

「『春の家』の主人は、吉松が突然苦しみ出したと言っている。病死だと。吉松には持病があったのかえ」

「はい。もともと、心の臓は悪いようで、ときたま胸を抑えて苦しんでいることもありました」

念のために、佐助はきいた。

「こちらに、高尾山の大天狗の使者がやって来てはいませんか」

「大天狗？　いえ」

「そうですかえ。わかりました」

それ以上、きいても手掛かりになるようなものは得られず、佐助は礼を言って『木曾屋』を辞去した。

外に出てから、平助が言った。

「やはり、吉松は集金の帰りに『春の家』に行ったのだ。病死かどうかははっきり言えないが、その点では長蔵親分の言うとおりだな」

「吉松は心の臓が悪かったらしいけど」

「うむ。だが、こればかしは判断がつきようもねえな」

「ただ、銑三とお秀って女の必死の訴えを聞くと、ふたりの言っていることがほんとうのように思えるけど」

佐助はあのふたりに同情した。

「問題は、もうひとりの常吉っていう男だ。これも、銑三たちの仕業だとしたら、吉松が病死というのも怪しくなってくる」

「伊兵衛殺しはどうなんでえ」

「長蔵は、伊兵衛も吉松と同じように集金で外出したついでに『春の家』に行ったと考えているが、こっちは違う」

平助ははっきり言う。

それから、本所松井町の酒屋『平野屋』に足を向けた。

ここでも、外に次助を待たせ、佐助と平助のふたりで酒屋『平野屋』の主人に会った。

「殺された常吉について教えて欲しい」

佐助は切り出した。

「はい」

「常吉が、本所石原町の『春の家』という店に足繁く通っていたことを知っていましたかえ」

「場所まではわかりませんでしたが、常吉はよく夜、外出しておりました。どこかの娼妓《しょうぎ》に夢中になっているのだろうと思っておりました。でも、男だし、それぐらいは仕方ないと、大目に見ておりました」

大店とは違うので、それほど厳しくはしていなかったようだ。

「常吉がいなくなったときのことを教えて欲しいのだが」

「はい。あの夜、店を閉めたあと、いつものように黙って店を抜け出して行きました。それきり、帰って来ませんでした」

「店の金は持ち出していなかったのですか」

「それが……」

主人は言いよどんでから、

「常吉が帰って来ないので、念のためにと、店の金を調べてみたら、十両ちょっと不足しておりました。常吉が持ち逃げしたのかと思ったのですが、常吉の荷物は何一つなくなっていないので、不思議に思っていたのです」

「長蔵親分はどう言ってましたか」

「常吉は、店の金をくすねて遊びに行ったんだと言っていました」

「失礼ですが」

平助が横合いから口をはさんだ。

「常吉は、ひょっとして、以前から店の金をくすねていたんじゃないんですかえ。それが、ずっとわからなかったってことはないんですかえ」

主人はあわてて、

「そうかもしれません。たまたま、あのときに調べたらお金が不足していたとわかっただけで、実際は少しずつ、手文庫からくすねていたのかもしれません」

「つまり、あの夜、常吉はまとまった金を持っていなかったとも考えられますね」

「はあ」

主人は頷いた。

常吉はまとまった金を持っていなかった。そうだとすると、銑三が金目当てで常吉を殺したという考えがおかしくなる。

その他いくつか訊ねてから、佐助と平助は礼を言って腰を浮かせた。

外に出ると、次助の姿が見えない。

探していると、店の横の路地で、次助が足を大きく上げて四股《しこ》を踏んでいた。

その姿を見て、佐助は胸が衝《つ》かれたようになった。

次助はやはり相撲に未練があるのではないか。

こうやって聞き込みのときは、いつも次助だけが外で待っているのだ。ひとりぽつんとして待っているなんて耐えられないのに違いない。

佐助を佐平次親分として仰ぎ、へいこらしなければならないなんて兄として屈辱以外の何物でもないだろう。

どんな気持ちで、それに耐えているのだろうか。

いや、それより、次助が訪ねて行った長屋だ。あそこに誰がいるのだろうか。次助兄いは誰と会っているのだろうか。

「佐助、どうした？」

平助が声をかけた。

次助を見たまま、立ち竦《すく》んでいる佐助を訝《いぶか》しく思ったのだろう。

「いや、何でもねえ」

次助がこっちに気づいて振り返った。

「終わったのか」

「兄い。待たせたな」

佐助はつい、すまなそうに言った。

次助が不思議そうな顔をしたのは、珍しく佐助がいたわりの言葉を発したからだろうか。

平助は口を真一文字に閉じていた。

それから、本所石原町の『春の家』のあった場所に行ってみた。

佐助は御竹蔵の掘沿いを行く。冬を思わすような風の冷たい日で、堀の水も冷え冷えと陽光を照り返していた。

御竹蔵を行き過ぎると、石原町に入った。周辺を武家屋敷に囲まれている町だ。

小さな旅籠があり、その裏手のしもたやふうの家が『春の家』だったらしい。

近所の者に訊ねると、しょっちゅう、いろいろな男が出入りをしていたと答えたが、まさか淫売宿だとは知らなかったという。

客のほうも忍んで来るので、秘密が保たれていたようだ。

吉松も常吉もここに遊びに来ていた。が、伊兵衛は別だ。そう思いながら、佐助はその家を眺めていた。

客の相手をするのはお秀という女ともうひとり若い女がいた。その若い女の客が常吉で、吉松はお秀が敵娼《あいかた》になっていた。

やはり、伊兵衛がここに来るはずはない。佐助は、そう確信した。

三

銑三と情婦のお秀は小伝馬町《こでんまちよう》送りになった。

これから吟味与力《ぎんみよりき》の取調べ、そして最後にお奉行の取調べとなる。

ふたりのことが気になったが、もはや身は小伝馬町の牢獄にあり、あとはよほどの証拠がない限り、ふたりは三人の男を殺して金を奪い、そして死体を棄てたという罪から逃れられそうにもなかった。

あれきり、高尾山の大天狗の使者は江戸に現れた形跡はなく、その行方も摑《つか》めないので、伊兵衛殺しの捜索も頓挫《とんざ》したままだ。

その夕方、長谷川町の自宅に帰る途中、佐助は平助と次助に遠慮がちに切り出した。

「兄い。じつは小染に呼ばれているんだ。お座敷に出る前に話があるって言うのでちと行って来る」

「周囲の目に気をつけて行けよ」

「わかった」

ふたりと別れ、葭町に向かうと見せかけて、佐助はひとりで浅草福井町に向かった。

次助が会っていた相手が気になるのだ。福井町にやって来たときには日はとっぷりと暮れていた。

徳右衛門店の長屋木戸の見える場所に来て、佐助はためらった。このまま長屋に入って行って誰かに見られでもしたら、次助に筒抜けになってしまうと思ったのだ。

用心深く木戸口を覗いた。ちょうど夕飯時のせいか、露地に人影はなかった。

佐助は素早く露地に入り、一番奥の家に向かった。が、その家の前で待っていると、中から物音がし、佐助はあわてて一番奥まで行き、小さな稲荷の脇に身を隠した。

腰高障子が開いて、若い女が出て来た。二十前後のようだ。女は木戸に向かい、そのまま通りに出て行った。

佐助も急いで露地を足早に木戸を出てから、女の姿を探した。すると、女は町内にある酒屋に入って行った。

佐助は乾物屋の陰に身を隠して女の出て来るのを待った。

やがて、女は胸に徳利を抱えて小走りに戻って来た。今度は顔がはっきりわかった。やや下膨れの顔。くるりとした丸い目。

目の前を過ぎて行った女を見送り、佐助は小首を傾《かし》げた。どこかで見かけた顔だったが、どこで見たのか思い出せない。

女は再び露地木戸を入って行った。酒が切れていることに気づいて、あわてて買いに行ったという様子だった。

いってえ、誰なんだと口の中で呟いたとき、頭の中で、何かが弾《はじ》けたような気がした。女を思い出したのだ。

花房町の『生駒屋』だ。店先に置かれた大石を次助がどかしたとき、野次馬の中に、確か今の女がいたのだ。

ということは、今の女はあのときの次助の姿を見ていて、それで次助に近づいて行ったということになる。

当初は、相撲に関係していた当時の昔の知り合いに出会い、その者に会いに行っているのではないかとも思った。だが、そうではなかった。

相撲とは別のようで、その点は安堵《あんど》したものの、女の正体が気になった。

女は何者なのか。どんな目的があって次助に近づいているのか。大家なり、長屋の住民に、女の素性をきいてみたいが、佐平次が女のことをきいていたということは、やがて噂になってしまいかねない。

どうするか迷っていると、暗くなった向こうから大きな影がやって来るのが見えた。佐助はあわてて木戸と反対側にある表具師の家の横に飛び込んだ。

やはり、次助だった。

次助はまっすぐ長屋露地を入って行った。

佐助はそのまま夜の町をひた走り、長谷川町の家に戻った。

平助は行灯《あんどん》の明かりで書物を読んでいた。平助は本好きで、佐助にはわからない小難しい本を読んでいる。

「兄い。次助兄いは、また出かけたようだな」

「ああ。夕飯を食ってすぐに出た。佐助はまだなんだろう。用意しているから食べろ」

平助は書物から顔を上げずに言う。

「兄い」

佐助は平助の前に腰を下ろした。

平助が訝しげに顔を上げた。

「どうした、何かあったのか」

「次助兄いがどこに行っているのか知っているのか」

「いや。なんだ、おめえは知っているのか。そうか、佐助。おめえ、やっぱし、次助のあとをつけたんだな」

「えっ、どうして、そう思うんだ?」

「いつだったか、おめえの様子がおかしいんで、そう思ったのよ。だが、その後、おめえが何も言わないので、俺もしいて言おうとはしなかったんだ」

「その通りだ。次助兄いのことが気になって、あとをつけたんだ。今夜は、次助兄いが訪ねた家の主を見てきた」

「見てきた?」

平助の目が鈍く光った。

「兄い。次助兄いが訪ねて行ったのは浅草福井町にある徳右衛門店という長屋だ。そこに、二十ぐれえの女がいた」

「女か」

平助が目を細めた。

「その女は、『生駒屋』の前で次助兄いが石を運んだとき、野次馬の中にいた女だ」

「佐助」

平助がふと表情を和らげて言った。

「次助が女に会いに行くなんて結構なことじゃねえか。温かく見守ってやったらどうだ」

「えっ」

「次助とその女の仲がどのようなものかわからねえが、次助のために喜んであげることにしようじゃねえか」

「そりゃ、素直に喜んでいいものなら喜ぶよ。でも、あの女は野次馬の中にいたんだ。それで近づいたとしたら、何か魂胆があってのことじゃないかって心配になったんだ」

「佐助の心配もわからなくはねえが、こうも考えられるぜ。その女は次助の怪力を見て畏《い》敬《けい》の念を抱いた。そして、数日後にどこかで次助を見かけたんだ」

「それにしたって、次助兄いはいつも俺たちといっしょだ。女が近づけば、俺たちにだってわかるはずだ」

「次助がひとりぽっちになる機会は何度もあったぜ」

「えっ？　あっ、そうか」

聞き込み先の家に入るのは佐助と平助だけで、次助はいつも外で待っているのだ。いつぞや、外に出たとき、次助の姿が見えないときがあった。

あのとき、『生駒屋』の前に集まった野次馬の中にいた女が、偶然に次助を見かけて声をかけたとも考えられる。

「そうか、そうだな」

佐助はなんだか急にうれしくなった。

女にまったく縁のないと思っていた次助に逢《あ》い引きする女が出来たのだ。次助のためにも喜んでやろうと思った。

「ただ、次助が言い出すまで気づかぬ振りをしてやろう」

「わかった」

佐助は弾んだ声で答えた。

だが、しばらく経《た》って、佐助の心の中に暖かい風と妙に冷たい風が入り交じって吹き始めていた。

暖かい風は、次助の恋への祝福であり応援だが、その一方で吹いて来た冷たい風は、またも以前に感じていた寂しさだった。

佐平次の子分のままでは、次助はいつまで経っても所帯を持てないかもしれない。このままでは、次助は所帯を持とうとしないだろう。次助にはやりたいことがある。相撲だ。今からだって、大関までは無理だとしても幕内力士にはなれるかもしれない。そして、所帯を持つ。それが、次助の幸せであろう。

そうさせたいと、心底思いながら、涙が込み上げてきた。

四

その頃、次助はおさとと向かい合って、酒を呑《の》んでいた。

五つ（八時）の鐘を聞いてからだいぶ経つ。つい勧められるままに、酒を呑んでしまったが、次助は自分の意地汚さに忸怩《じくじ》たる思いだった。

「さあ、次助さん。もっとお呑みになって」

おさとが燗《かん》のついた酒を持って来た。

「いや。もう、いい」

次助は茶碗《ちゃわん》を引いて遠慮したが、

「せっかくつけて来たんですからこれだけでも」

と、おさとが勧めた。

「そうかえ」

根は嫌いなほうではないので、次助は茶碗を差し出して、おさとの酌を受けた。

「次助さん。また、そんなに畏《かしこ》まっちゃって。どうぞ膝《ひざ》を崩してください」

「ああ」

若い女とこうして向かい合うことなどかつて経験したことがないので、知らず知らずのうちに、次助は体が固くなっていた。

あぐらになって、新しい酒を一口啜《すす》ってから、

「おさとさん。もう兄さんは江戸にいないのだろうか」

と、次助はぎこちなくきいた。

「富が岡八幡宮《はちまんぐう》で見かけたってひとがいたので、あの辺りを探しているんですけど」

おさとは困惑した顔つきを俯《うつむ》けた。

「俺も探しているんだが、仕事の合間でしか動けないんで、なかなか捗《はかど》らないんだ」

「わかっています。だいじょうぶです。私ひとりで探します」

「おさとさん。それにしても竹蔵は不運だったな」

竹蔵とは子どもの頃に、柏戸部屋でいっしょだった。竹蔵は体の大きさと怪力を買われ、信州から江戸に上って来た男で、よくいっしょに稽古《けいこ》をしたものだ。

竹蔵も次助も師匠には目をかけられていた。だが、次助は相撲取りになることを諦《あきら》め、一年足らずで平助や佐助の元に戻ったのだ。

母が死んでから兄弟三人で歯を食いしばって生きてきた。兄の平助といっしょに棒手振《ぼてふ》りをしながら、幼い佐助を育ててきた。

次助はよく柏戸部屋の近くまで棒手振りに出かけていて、たまたま柏戸の目にとまり、弟子になるように口説かれたのだ。

なにしろ、次助は魚の入ったたらいを幾つも重ねて持ち、おとなの棒手振りの何倍もの量の魚を売り歩いていたのだ。

その姿を、柏戸が目に止めたらしい。次助も力には自信を持っていたし、相撲も嫌いではなかったが、平助兄いと佐助と別れるのが辛《つら》かったのだ。

だが、平助兄いは相撲取りになることに賛成し、次助に柏戸について行くように言った。こうして、次助は十一歳のときに師匠に誘われて弟子入りした。

その相撲部屋にいたときに仲良くなったのが、二つ年上の竹蔵だった。竹蔵は次助と同じように体がでかく、力もあった。なにより、負けん気が強いことが相撲取りに向いていた。

本場所は年二回、江戸で行われるが、それ以外は、抱えぬしの大名の国元に行って相撲をとったり、地方巡業をしたり、奉納相撲に呼ばれたりしている。

そういう地方巡業のときに、師匠が見つけて弟子にしたのが竹蔵だった。怪童と呼ばれ、その村の暴れ者だったという。

次助と竹蔵はお互い相撲に精進した。

だが、次助はだんだん稽古に身が入らなくなってきた。やはり、兄と弟と別れて暮らすのは寂しかった。そればかりでなく、次助には闘争心がなかった。体がでかく力は強いが、つい相手に同情してしまう。だから本気を出せなかった。その性分が、相撲取りには致命的な欠陥だった。

その性分は直そうにも直せそうもなかった。次助は相撲は強いが、勝負師としては失格だったのだ。ついに、師匠も匙《さじ》を投げた。

「次助、部屋をやめるってほんとうか」

師匠の部屋から出て来たとき、竹蔵が血相を変えて近づいて来た。

「うん」

「いっしょに大関を目指そうと約束したじゃねえか」

「俺は相撲取りには向いてねえんだ。俺のぶんも頑張ってくれ。きっと大関になってくれ。応援しているから」

「俺は、おめえがいてくれたほうが頑張れるんだ。思い止《とど》まってくれないのか」

「すまねえ。このままじゃ師匠にも迷惑をかけるだけだからな」

こうして、次助は僅《わず》か一年足らずで、相撲の世界から足を洗ったのだ。その後、竹蔵とは会っていない。

やがて、番付に竹蔵の名が出るだろうと思っていたが、いっこうにその気配がなかった。二十歳になったとき、次助は思い切って相撲部屋に竹蔵に会いに行った。すると、竹蔵は二年前に部屋を辞めていたのだ。

竹蔵は酒と博打《ばくち》と女に身を滅ぼされたらしい。だんだん番付が上がるにつれ、女が近づいて来るようになった。竹蔵は女が出来てから、稽古に身が入らなくなったそうだ。とたんに成績が悪くなった。そうなると、今度は酒に逃げた。やがて、博打にのめり込むようになった。

そのことで説教をした親方のおかみさんを殴って大怪我《おおけが》を負わせ、破門されたのだという。その話を聞いたとき、にわかには信じられなかったが、それは紛れもない事実だったのだ。

相撲部屋を辞めて、すぐに江戸を離れたらしく、それきり、竹蔵の消息は不明だった。

竹蔵が江戸から消えて六年経った今年、高尾山薬王院の大天狗の使者と称する大男が現れた。そして、大天狗の使者の男が『大泉屋』と『生駒屋』の玄関前に庭石を立て続けに置いていくという事件が起こった。

たまたま、この二つの石を次助がどけてやったあと、今度は請地村で同じような置き石があった。

次助に対する挑戦だと、平助が言ったとき、次助の脳裏を掠《かす》めたのが竹蔵だった。大天狗の使者の男は竹蔵ではないのか。

それから、しばらくして、神田花房町の『生駒屋』に聞き込みに行ったとき、例のごとく外で佐助たちを待っていると、ふと声をかけて来た女がいた。

「もし、親分さん。失礼ですが、昔、相撲部屋にいた次助さんではありませんか」

相撲部屋のことを口にしたので、次助は驚いた。

「あっしは親分じゃねえ。おまえさんは？」

まったく見覚えのない若い女に、次助は戸惑った。

「竹蔵という者を覚えておいででしょうか」

「竹蔵？」

「はい。私は竹蔵の妹のおさとです」

「じゃあ、あのときの」

信州に巡業に行ったとき、竹蔵のところに母親と八歳ぐらいの娘が訪ねて来た。そのとき、次助も挨拶をし、いっしょに差し入れのにぎり飯を食べたことがあった。

乱暴者の竹蔵だったが、妹には弱いようだった。妹に、絶対に大関になって、江戸に呼んでやるからな、と言っていたのを覚えている。

あれから十二年。たった一度、それも子どものときに会っただけだから、顔などはまったくわからない。

だが、おさとが、あのときの娘だということは、その片笑窪《かたえくぼ》で思い出した。

次助はおさとといっしょに神田川のほうに向かった。相撲の世界に関係する人物とのつながりを、なぜか佐助に気づかれたくないと思ったのだ。

最近、佐助の様子がおかしい。俺にずいぶん気を使っているのだ。俺が相撲部屋にいたことがあると知ってからだ。佐助は何か気をまわしている。次助はそう思ったのだ。

だから、おさとのことを説明するのも面倒なので、気づかれないうちに場所を変えたのだ。

神田川の土手に着くまでに、次助はきいた。

「いつ江戸に出て来たんですかえ」

「ひと月前です」

「竹蔵さんは、今どうしているんですかえ」

すぐにおさとから返事はなかった。

土手に上がり、川を上る船を見つめながら、おさとがようやく答えた。

「私、兄が相撲を辞めたことをずっと知らなかったんです」

知らせられなかったのだろう、と竹蔵の気持ちを思った。

「去年の夏、おっ母さんが亡くなりました」

「えっ、あのおっ母さんが……。そうですかえ。お亡くなりになったんですか」

次助はやさしそうな母親の顔を思い浮かべた。だが、竹蔵は母親には会おうとしなかった。その理由をきいたが、竹蔵が言おうとしなかった。

「おっ母さんのことで何度か手紙を出し、何度目かに返事が来ました。それは師匠からでした。竹蔵は六年前に辞めた。江戸を離れて、今はどこにいるかわからないという内容でした。何度も、探しに行こうとしたのですが、江戸にいるかどうかもわからないのでは行っても無駄だと周囲に反対されました。それが、今年の春、旅芸人の一座が村にやって来たとき、その一座に怪力男がいたという話を聞いたのです。その大男は元相撲取りで、一座に入って怪力の見世物をしていたそうです。でも、酒と女にだらしなく、親方に勘当されたということでした」

「その大男が兄さんだったのですか」

「一座のひとの話では、竹蔵という名前ではなかったようですけど、兄に間違いないと思いました。一座を辞めるとき、江戸に行くと話していたそうです」

相撲をやめて、旅芸人の一座に入って怪力を見世物にしていたのか、と次助はなんとなく寂しい思いがした。

もっとも、相撲をやめて堅気の仕事に就くのは稀《まれ》なことだ。相撲取りはもともと体が大きく、力の強い男たちだ。一般の人間の中に入れば、その力を誇示し、人々を圧倒することが出来る。だから、たいてい元相撲取りはやくざな世界に入って行くのだ。

そういうことからすれば、旅芸人の一座で生計を立てて来たことは、悪い仲間に落ちていくよりはるかによかった。その意味では、安堵の胸を撫《な》で下ろした。

「どうしても兄に会いたくて、江戸に出て来たのです」

「ひとりでか」

「いえ。江戸の知り合いといっしょに」

おさとは小さく答えた。

「そうですかえ。でも、江戸に知り合いがいてよかった」

「ええ」

おさとは沈んだ表情になって、

「でも、なかなか兄を見つけ出せません。もう頼るひとがなく、絶望しかけていたとき、『生駒屋』さんの前に大石が置かれているという騒ぎがありました。たまたま通り掛かったとき、大石を持ち上げていた次助さんを見たのです。石を運んでいるときにははっきりわかりませんでしたけど、石を置いて引き上げて来るとき、ちょっと照れたようにぶすっとしている顔を見て、すぐわかりました。あのときの次助さんだと」

今度はおさとの目が輝いた。

「次助さんなら兄の行方を知っているかと思ったのですが」

「いや、知らない。俺も相撲を辞めたことも知らなかったんだ」

「そうですか」

おさとは落胆の声を出した。

その細い肩が不憫《ふびん》になり、

「おさとさん。竹蔵が江戸にいるなら必ず見つかる。俺も、探してみる」

「ほんとうですか」

「ああ、だから、あまり心配しなくていい」

「ありがとうございます」

「そうだ。おさとさんの連絡場所を聞いておこうか。今、住いはどこ？」

「江戸の知り合いの御方が用意してくれた福井町の徳右衛門店という長屋に住まわせてもらっています。ぜひ、一度遊びに来てください。お願いします」

「わかった」

それで、はじめておさとの住いを訪ねたのがそれから数日後のことだった。

二間ある家で、それなりに小綺麗《こぎれい》な部屋だった。おさとは歓待してくれ、お酒まで御馳《ごち》走《そう》してくれた。

江戸の知り合いについては言葉を濁したが、当面は不自由なくおさとも暮らしていけるようだった。

それから、ここに来るのは今夜で、四度目だった。

「おさとさん。何か手掛かりでもあったかえ」

おさとは毎日町を歩き、特に盛り場などに足を向けて、竹蔵らしい男のことを訊ね回っているのだ。

「だめ。日雇いのひとなどの飯場なんかもまわっているんですけど、手掛かりはありません」

おさとの表情に疲れが目立つ。

おさとに言えないことがあった。それは高尾山の大天狗の使者という男のことだ。単なる力持ちの人間なら、この世にたんといるだろう。自分が一番だと自惚《うぬぼ》れている人間は自分より上がいることが許せずに、何度も立ち向かって行く。請地村の飛木稲荷の大石を移動させたのも、そういう自尊心の強い男が次助に挑戦するためにやったものかもしれない。

だが、それにしては執拗《しつよう》過ぎるように思える。そこに、次助は竹蔵の姿が見えるような気がしたのだ。

子どもの頃、竹蔵は負けん気が強かった。次助とは仲がよかったぶん、敵愾心《てきがいしん》を燃やしていた。ふたりで相撲をとったとき、どちらかというと次助のほうが分《ぶ》がよく、師匠や大勢の見物人がいる前では、竹蔵が勝つことが多かった。

大天狗の使者という大男が竹蔵の可能性もある。そう思ったが、おさとに口に出しては言えなかった。

それは、その男が『大泉屋』の番頭伊兵衛殺しの下手人かもしれないからだ。

そのとき、戸障子が開いて、中年の男が顔を出した。

「おや、お客さんですか」

男は不思議そうに言った。

次助は軽く会釈をした。丸い顔立ちで、商人のような柔らかい雰囲気があった。

「ちょっと待っていてください」

おさとはあわてて立ち上がって土間に下りて行き、男を追い出すようにいっしょに外に出て行った。

今の男が、おさとの世話をしてくれているのだろう。この家も、あの男の住いだったのかもしれない。

思ったより早く、おさとが戻って来た。

「すみません」

「どうかしたのかえ」

おさとの顔色が悪いように思えた。

「えっ、何でもありません」

「今のひと、何をしているひとだね」

「小料理屋をやっているんです」

そういう雰囲気ではないように思えたが、次助はそれ以上はきかなかった。

「私にもください」

おさとが茶碗を差し出した。

「だいじょうぶか」

「ええ」

次助は酒を注《つ》いでやった。

おさとは苦しそうに眉《まゆ》を寄せて酒をいっきに呷《あお》った。

「どうしたんだね。今の男のひとに何か言われたのか」

抑えきれずに、次助はきいた。

「いつまでも遊んでいるわけにはいかないので、今のひとのお店で働くことになっているんです。働き始める日を延ばし延ばししてきたのですけど、もうそんな無理もきかなくなって」

「そうなのか」

「働き出したら、兄さんを見つける時間がとれなくなってしまうけど、もう見つけることは無理そうですから、働き始めることにしました」

「せめて、あと半月、いや十日、五日でもいい、延ばせねえのか」

「これ以上の無理は……」

「それでも頼んでみるんだ。せっかくここまで頑張ってきたんだぜ」

「はい……」

「お店はこの近くなのかえ」

「ええ、浅草のほうです」

「そうか。それまでに、何とか竹蔵を見つけよう」

「やっぱり、また江戸から離れてしまったのかしら」

「おさとさんは竹蔵という名で探しているのだろう。今は竹蔵とは名乗っていないだろうから、その名で探すのは無理だ」

おさとから返事がなかった。

おやっと思って顔を見ると、おさとは険しい顔を壁の一点に向けていた。

「おさとさん。どうした？」

「私、竹蔵で探しているんじゃないんです」

おさとの目は強い光を帯びていた。

「高尾山の大天狗の使者。あの男たちを探しているんです」

おさとは必死な顔つきになって、

「ねえ、次助さん。次助さんもほんとうはそう思っているんでしょう。大天狗の使者の男が兄さんじゃないかって。ねえ、そうでしょう」

次助は返事に窮したが、

「そうだ」

と、正直に答えた。

「竹蔵なら、あの大石を動かせる。だが、世の中は広いんだ。あれぐらいな力持ちはいくらでもいる」

「でも、春先に信州に現れて、最近になって、大天狗の使者でしょう。兄に間違いないように思えるんです」

「じつは、今年の夏頃、諏訪《すわ》のほうで、大天狗が現れたという話を聞きました。庄屋さんの玄関の前に大きな石が置かれていたそうです。庄屋さんは何十人という男手を駆り集めて丸太を敷いてたいへんな思いで、大石をどかしたと行商のひとが話していました」

「そいつはほんとうか」

「はい。だから、江戸に来て、大天狗が出たときいたとき、まっさきに兄のことを考えたのです。

次助は唸《うな》った。あれは兄の仕業ではないのかと」

おさとまでが疑っていた。もはや、間違いないように思えた。だが、大天狗の使者は大泉屋の伊兵衛を殺しているのだ。つまり、竹蔵は人殺しまでやっている可能性がある。

「おさとさん。俺は佐平次親分の子分だ」

おさとは次助が三人兄弟だということを知らない。いや、知っていたとしても、佐平次を名乗っているのが弟の佐助だということは知らないはずだ。

「じつは俺たちは、大天狗の使者の男たちを探しているんだ。だが、奴らはぷっつりと消息を断ってしまったんだ。奴らは、江戸で一儲《ひともう》けを企《たくら》んで、大天狗の使者を演じた。それをすぐに止《や》めてしまった」

それは大石を置くという嫌がらせが次助のために用をなさなくなったからであろうと思

われるが、それにしても奴らの魂胆がわからない。

「このまま、江戸を離れたとは思えないのだ。奴らは、また何かをやらかすに違いないんだ」

「何をする気なのかしら」

おさとは不安の色を顔一杯に広げた。

「わからねえ。ただ……」

次助ははっとして言葉を止めた。

「ただ、なに？」

「いや、なんでもねえ」

ただ、伊兵衛をなぜ殺したのかが気になるのだと言いたかったのだ。が、人殺しの容疑を竹蔵にかけることになるので、次助は思い止まったのだ。

「いずれにしろ、大天狗の使者は江戸にいる。今は鳴りを潜めているだけだ」

何かする前に、竹蔵を見つけ出すのだ。取り返しのつかなくなる前に、竹蔵を。

「そろそろ、帰らないと」

五つ半（九時）の鐘を聞いて、次助があわてて立ち上がった。

五

今朝は少し冷えると思ったら、庭に朝霜が降りていた。

「きょうから十月か」

と、佐助は月日の流れの速さに、いまさらながらに驚かされた。

厠《かわや》から部屋に戻ったが、平助がいないことに気づいた。ときたま、平助は朝方どこかに出かけて行く。

いつもどこへ行っているのだろうか。次助がもそもそとしたので、起こして平助のことをきいてみようかと思ったが、あわてて思い止まった。

そういう次助でさえも、ときたま女のところに出かけているのだ。

次助が起きて、大きなあくびをした。

「お早う、次助兄い」

「おう。早えな」

次助はどっこいしょと掛け声をかけて立ち上がり、厠に行った。

佐助はふとんを片づける。次助が厠から戻って来て、

「なんだ、ふとんを片づけちまったのか」

と、不平を言った。

「まだ眠るつもりだったのか。そろそろ、おうめ婆《ばあ》さんがやって来る頃だぜ」

佐助が言うと、次助はたたみの上にごろりと横になった。

やがて、おうめ婆さんがやって来て、朝食の支度を始めた。

支度が出来るまで、佐助は狭い庭に出て、小石を投げる稽古をした。といっても、実際に小石を投げるのではなく、どうやったら格好よく、投げたあとの姿が決まるかということの工夫だ。

なにしろ、佐平次親分の動きは美しくなければならないのだ。

左手をまっすぐ前に突き出して、右手で上手から投げる。あるいは、横手から投げ、投げ終えたあと、左手を上のほうに突き出す。どの形が様になるのか、まだ佐助にもわからない。

汗をかいて、ふと濡《ぬ》れ縁のほうに目をやると、次助が柱に寄り掛かって、物思いに耽《ふけ》っているように空を見ていた。

あの若い女のことを考えているのに違いないと、佐助は思った。

そのとき、背後で物音がした。振り返ると、裏木戸から平助が帰って来た。

「ああ、平助兄い。ずいぶん長い散歩だったな」

散歩だと思っているわけではないが、問えば平助はそう答えるはずだ。

「いい匂《にお》いだ」

味噌汁《みそしる》の匂いが漂って来た。

「さ、親分。支度が出来ましたよ」

おうめ婆さんが声をかけた。

以前なら、まっさきに食膳《しょくぜん》に向かう次助がまだ濡れ縁にしゃがんだままだった。

炊きたての飯に味噌汁、大根の煮つけ、なすの漬物、それに梅干しが添えてある。

「お代わり」

佐助が茶碗を差し出す。

お櫃《ひつ》から飯をよそり、佐助に渡したあと、

「おや、次助さん。どうしたの。どこか具合でも悪いんじゃないの」

と、おうめ婆さんが心配そうにきいた。

次助はあまり食が進んでいないようだった。食欲がないというより、何か考え事をしている感じだった。

「いや。別に」

それから、次助はいつものように猛烈に食い始めた。

平助は何も言わなかった。

朝飯が終わり、おうめ婆さんが後片付けをしていると、佐助は親分らしい口調で、

「きょうまで、見つからないこともそうだが、何も行動を起こしていないことからすると、大天狗の使者はもう江戸を離れちまったのかもしれねえな」

と、意見を述べた。

おうめ婆さんがいるので、佐平次親分として振る舞う必要があった。

「そうだろうか」

次助が悲しげな表情で、平助の顔を見た。

「確かに、そうだが、どこかに隠れている可能性もある」

「どこにだ?」

次助が身を乗り出した。

「身を隠すような場所があるだろうか」

「誰か、匿《かくま》う人間がいるのかもしれねえ」

旅籠《はたご》に泊まったり、どこかの家に居候したりすれば、必ず誰かの目に触れる。それがないのだから、江戸にいるとしたならよほどうまい隠れ家があるのだろう。

「相撲部屋ってことはないか」

次助が窺うようにきいた。

「相撲部屋なら大男がごろごろしているんだし、あまり目立たねえだろうし」

「いや。他の弟子の目がある」

「そうだな」

「だが、いつまでも隠れているわけにもいかねえ。いつか、のこのこ出て来るはずだ」

そう言って、平助は次助の顔を見た。次助は小さくなって頷いた。

「ただ、俺にはわからねえことがある。奴らが伊兵衛を殺したのだとしたら、いってえ何のためなんだ。このまま引っ込んだままでは、奴らには伊兵衛を殺した意味がないように思えるんだ」

おうめ婆さんの耳を気にして、平助が小声になった。

「ひょっとして、動機が別にあるってことか」

佐助がきくと、すかさず次助が、

「伊兵衛殺しは奴らじゃないってことでは」

と、平助の顔を食い入るように見つめた。

「わからねえ。だが、もう一度、初めから見直してみたほうがいいな」

平助が言ったとき、おうめ婆さんが居間にやって来た。その目に生気が漲《みなぎ》っているような気がする。

「さあ、支度して出かけるぜ」

佐助は急に親分らしい態度で立ち上がった。

青地の小紋の着物を尻端折りし、薄い紺の股引き。佐助はさっそうとした姿になり、おうめ婆さんに切り火をしてもらい、家を出た。

人形町通りの賑《にぎ》やかな道を行くと、通りがかりの女たちが熱い眼差しをくれた。いい気持ちになって、米沢町に差しかかったとき、自身番の前で、奉行所の小者《こもの》を連れて巡回中の井原伊十郎とばったり出くわした。

「ふん、佐平次か」

「おや、旦那。なんだかご機嫌が斜めのようですね」

佐助はおかしそうにきいた。

「あたりめえだ。さっき、押田敬四郎と会ったんだ。銑三とお秀の取調べが進んでいると、得意気に抜かしやがった」

とかく、この伊十郎と押田敬四郎は張り合っている。お互いに負けたくないのだ。どうしてそうなったのか、佐助は知らない。

「取調べはどんな様子なんですかえ」

「相変わらず、銑三は吉松が病死だとの一点張り。それから、伊兵衛は知らない。常吉は客だったが、あの夜は店に来ていないと言っているようだ。常吉の敵娼はあの夜は休みをとっていた。そのことは常吉も前に来たときに聞いて知っていたはずだということだ」

「なるほど」

「なにが、なるほどだ。俺は悔しいぜ。押田の野郎、得意気になりやがって」

平助が佐助に目顔で何か言った。その意を察して、

「旦那」

と、佐助は伊十郎の耳に口を寄せ、

「前から言っているように、伊兵衛殺しは銑三の仕業じゃありませんぜ」

「だったら、伊兵衛殺しの下手人を上げろ」

「まあまあ。それから、常吉は、あの夜、店の金をくすねちゃいねえ」

「なに、それはほんとうか」

「ああ、間違いねえ。店の番頭が、十両近い金がなくなっていたのは前々からだって言ってましたぜ。つまり、あの夜、常吉は大金を持っていなかったはずなんだ。それから、常吉の敵娼はお秀じゃねえんだ。それなのに、どうして銑三とお秀は常吉が大金を持っているとわかるんですね」

「うむ?」

伊十郎の顔つきが変わった。

「佐平次。どういうことだ?」

「つまり、常吉は殺された夜は金を持ってなんていなかった。逆に、誰かから手に入れることになっていたんですよ」

「誰かとは誰だ?」

「おそらく銑三でしょう」

「銑三から金を?」

「そうですよ。つまり、こういうことです。吉松はほんとうに病死だった。つまり、お秀との同衾《どうきん》中に死んでしまった。驚いたのは銑三とお秀です。奉行所に届ければ闇《やみ》の淫売宿のことがばれてしまう。そこに、常吉を呼び出して、死体の処理を手伝わせたってわけです」

「なるほど」

「ところが、うまく処理した死体が浮かび上がってしまった。このままでは自分たちに疑いがかかるかもしれないと、鉄三が常吉を殺した。あるいは、常吉がもっと分け前を寄越せと威《おど》した。だから、殺してしまった。そういうことじゃないですかえ」

平助の考えを、そのままあたかも自分が考えついたように話す。それが出来るのが、佐助の才能の一つかもしれない。

「鉄三は、吉松の死体を棄てた罪だけを認め、それ以外はしらを切り通すつもりなのでしょう」

「証拠はあるのか」

「もし、長蔵親分の考えたとおりなら、殺害場所は石原町の『春の家』ということになりますね。ところが、あの夜、常吉の敵娼は休んでいるって言うんでしょう」

「鉄三の言葉が正しいとすればな」

「でも、それは敵娼の女を調べればすぐわかることですぜ」

「つまり、常吉は鉄三に呼ばれたから『春の家』に行ったと言うんだな」

「そういうことです。鉄三は、長蔵親分や押田の旦那が見当違いのことを言い出したので、うまくいけば常吉殺しはとぼけられると思ったんじゃないですかえ」

「なるほど」

伊十郎は腕組みをした。

「こいつをどう利用するかだな。お奉行を通して告げるか。恐れながら、お裁きに間違いがありますと訴えるか。押田の奴の真っ青になった顔が目に浮かぶようだぜ」

「旦那」

横合いから、平助が鋭い声を出した。

「ここは、旦那がおとなになるべきじゃねえんですかねえ」

「なんだ、おとなとは？」

「旦那から、今の話を押田の旦那に教えてやるんですよ」

「なんだと」

伊十郎が血相を変えた。

「ばかやろう。なんで、そんなことをしなきゃならねえんだ。うまくいけば、押田の奴をぎゃふんと言わせることが出来るんじゃねえか。今、吟味方与力の取調べが進んでいるんだ。吟味方にこっそり今のことを教えてやれば、押田の野郎の立場がなくなる」

「旦那。旦那はなんのために十手を握っているんですかえ」

「なんだと？」

「何のために、佐平次を創り出したんですかえ。自分のためですかえ。自分に歯向かう人間をやりこめ、自分ひとりで手柄を独り占めにする。それが目的なんですかえ」

「平助。何を言うんだ」

「旦那はこう言った。佐平次親分は世のため、ひとのために尽くす。善良な町のひとを決して泣かさない。正義の岡っ引きなのだと言いましたよね。その佐平次に手札を与えている同心の旦那がどうあるべきか……」

「平助、きさま」

　伊十郎の顔が紅潮してきた。

　今にも怒りが爆発しそうだった。だが、通行人も多く、めったな真似は出来ないと、懸命に怒りを堪《こら》えているのがわかった。

「別に旦那に清廉な人柄を求めやしませんぜ。でも、佐平次の旦那らしい風格ってものを見せてもらいてえ。そう思っただけですよ」

　はらはらしてふたりのやりとりを見ていた佐助は、平助が顔を向け、

「さあ、行こうか」

　と言ったとき、ほっとした。

　伊十郎を残し、逃げるようにその場から立ち去った。

　途中で振り向くと、伊十郎はまだ立ってこっちを睨んでいた。

「怒らせてしまったな」

　佐助が心配そうにきいた。

「まあ、あれぐらい言っても、あまし効き目はねえだろう。すぐ、けろっとしちまう」

　平助は表情一つ変えずに言った。

　三人は両国橋を渡り、深川冬木町にやって来た。

『大泉屋』の店先には客がたくさん出入りしている。あの騒ぎがあったのは遠い昔のような気がしてくる。

なぜ、伊兵衛が殺されたのか。どうも、動機を見誤っていたのではないかと、平助が疑問を呈した。

やったのが大天狗の使者だとしたら、その動機は他にあるのかもしれない。

大天狗の使者は、大石を次助にどかされて、『大泉屋』への災難を邪魔された。その腹いせと、第二の災難を見舞わせるために番頭の伊兵衛を殺した。そう見てきた。

だが、大天狗がなぜそのようなことをするのかが、よくわからない。平助にそう言われれば、そうかもしれないと佐助は思うだけだったが、次助は、伊兵衛殺しは別にいるのではないかと言い出した。

そう言われれば、もう一軒、石の置かれた『生駒屋』にはその後、何も起こっていない。もし、喜捨を断ったために不幸が訪れるというのなら、『生駒屋』にも何かがなければならない。

こう考えると、伊兵衛を殺すことに目的があったのではないかという平助の考えはもっとものように思えて来た。

では、なぜ、伊兵衛は殺されなければならなかったのか。

大泉屋伝右衛門は、いつものように佐助と平助を客間に通した。

「きょうは伊兵衛さんの個人的なことでお訊ねにあがりました」

佐助は切り出した。

「個人的なこと?」

「へえ。以前にもお伺いしましたが、伊兵衛さんは女も博打もやらなかったということでしたね」

「ええ。あの男は堅物でした。まったく、何が楽しみで生きているのだと不思議なくらいでした」

「そういう伊兵衛さんにも何かあったんじゃないんですかえ。好きなことが。なんでもいいんです。何か思い出すことはありませんか」

「さあ」

主人は困ったように顔を内儀に向けた。

「ほんとうに、伊兵衛は仕事だけが生き甲斐《がい》のような人間でしたから、これと言って思い当たることはありませんが」

内儀も、当惑げに細い眉を寄せた。

「伊兵衛さんは確か、房州の出身でしたね」

「はい。十二歳のときにうちに丁稚として住込みました。それ以来、ずっとお店一筋」

「『仙石屋』さんとは長いお付き合いなのですか」

「はい。仙石屋さんの信頼も厚く、ときには仙石屋さんの宴席に名指しで伊兵衛が招待されているほどでした」

「それほどまで」

「仙石屋さんも房州の出身だそうで、同じ土地の出ということで、親しみを持っていただいたのかもしれません」

「そうですか。仙石屋さんも房州の出身なのですか」

伊兵衛には殺される何かがあったはずだと平助は言っていたが、どうやらそのことは見つかりそうもなかった。

何度も押しかけてきたことを詫びて、佐助が腰を浮かそうとしたとき、大泉屋がふと思い出した。

「そうそう、伊兵衛は一度、『仙石屋』さんから帰ったとき、妙に塞《ふさ》ぎ込んでいたことがあります」

「塞ぎ込んでいた？」

「はい。私はてっきり、『仙石屋』さんで不始末でもしでかしたのかと思って訊ねましたが。どうもそうではないようで。でも、どういうことか口にはしませんでした」

「それはいつごろのことですか」

「二ヶ月以上前ぐらいでしょうか」

「『仙石屋』から帰ったあとだというのは間違いないのですね」

平助が横合いからきいた。

「はい。先程も言いましたように、『仙石屋』さんで何か失敗でもしたのではないかと心配したほどですから。それが何か」

大泉屋が訝しげな目を向けた。

「いえ、なんでもありません」

平助は答えてから、

『仙石屋』さんは、こちらにとっては大きな得意先なのですか」

と、きいた。

「はい。なにしろ、『仙石屋』さんは黒部藩と取り引きがあり、私どもの足袋《たび》も『仙石屋』さんを通じて黒部藩に納めさせていただいております」

「黒部藩？『仙石屋』は黒部藩御用達《ごようたし》なのですか」

佐助は平助と顔を見合わせた。

「はい。かなり黒部藩に取り入っているようでございます」

「そうでしたか。いや、何度もお邪魔して申し訳ありやせんでした」

そう言ってから、佐助と平助は腰を上げた。

伊兵衛は『仙石屋』に行ったとき、何かを見たか、聞いたかしたのではないか。だが、はっきりした証拠がないので、ひとには言わなかった。平助の考えに、佐助も頷いた。

それは何だろうか。

『大泉屋』を出てから、ふと平助が足を止めた。

「伊兵衛が通った『おさん』に行ってみよう」

何か考えがあるらしく、平助は小料理屋の『おさん』に足を向けた。

行く道々、いつものように、平助から質問の要点を確かめた。

時間が早く、『おさん』は暖簾も出ていず、戸障子も鍵《かぎ》がかかっていた。佐助は裏にまわった。

すると、裏口の戸が少し開いていた。

「ごめんよ」

佐助が戸を開けて、裏口に声をかけた。

はい、という明るい声がして、やがて、『おさん』の女将《おかみ》が顔を出した。

「まあ、佐平次親分じゃございませんか」

女将がうれしそうに言う。

「すまねえ。ちょっとまた、伊兵衛さんのことできてえんだが」

「さあ、どうぞ」

狭い板場の横を通って、店のほうに行った。樽椅子《たるいす》などを拭《ふ》いているところだったらしい。

「掃除の手を休ませちまったな」

佐助はすまなそうに言う。

「いいんですよ。どうせ、今休憩しようと思っていたところですから。さあ、どこか、適当に腰掛けてくださいな」

平助や次助にも言い、女将は近くの樽椅子に腰を下ろした。

佐助も飯台をはさんで女将と向かい合うように座り、

「伊兵衛さんはいつもひとりで呑んでいたってことだったが、たまには女将さんも話し相手にはなったんだろう」

「そうですね。他にお客さんがいないときなどは、こうやって向かいに座って酌をしてあげたこともあります」

「伊兵衛さんが落ち込んでいるようなことはなかったかえ」

「落ち込む？」

「うむ。元気がなかったときだ」

小首を傾《かし》げ、女将は考える仕種《しぐさ》をした。

「そう言えば」

女将が何かを思い出したように顔を向けた。

「いえ。元気がなかったのとは違うのですが、一度、伊兵衛さんには似合わない言い方をしたことがありました」

「そいつはどんな？」

「そう、高尾山の大天狗の使者という男がやって来た日の夜です。その話題が出たあと、あんな大男は相撲取り上がりかという話になったんです。すると、続けて伊兵衛さんは、確かこんなことを言ったと思います。相撲上がりは、やくざな道に落ちる輩《やから》も多いけど、相撲取りに群がっている連中なんて汚い手を使っても……と、それ以上は言わなかったのですけど、そのときの伊兵衛さんの表情は何かとてもやりきれないような感じでした」

「汚い手……」

竹屋の渡し場での一件を思い出した。

あの侍は黒部藩の下屋敷に消えた。

「伊兵衛さんがそういうことを言ったのは、そのときだけなんだね」

「そうです」

女将がふと声を落として、

「親分さん。伊兵衛さんを殺した下手人は捕まったんじゃないんですか」

と、訝しげにきいた。

「まだ、はっきりしねえんだ。いや、どうやら、別にいる可能性があるんだ」

「そうでしょうねえ。あたしも変だと思っていました。長蔵親分の話だと、伊兵衛さんは淫売宿に出入りしていたと言ってましたけど、伊兵衛さんはそんなひとじゃありませんもの」

「そのとおりだぜ」

佐助は女将に言った。

「親分。どうか、伊兵衛さんの仇《かたき》をとってやってください。お願いします」

「ああ。必ず、とっ捕まえてやるさ」

佐助は胸を叩くように言い、

「女将さんも、はやくおっ母さんに会えるといいな」

と、『おさん』という名の謂《いわ》れの母親のことを口にした。

「ありがとう存じます」

女将が目尻《めじり》を光らせた。

外に出てから、平助は珍しく顔をしかめて言った。

「どうやら俺たちは勘違いしていたようだな」

「勘違いとは何？」

佐助が平助の顔を覗き込む。

「大天狗の使者のことだ。てっきり、大天狗の使者が伊兵衛を殺して亡骸を棄てたのかと思っていたが、そうじゃねえかもしれねえな」

「そうじゃねえっていうと、伊兵衛殺しに大天狗の使者は関係していないってことか」

「そうだ。死体の入った葛籠《つづら》を運ぶのは大天狗の使者っていう男以外にも出来る者がいるだろう」

「相撲取り」

次助が叫ぶように言った。

「その通りだ。俺たちは大天狗の使者にばかり目をとられて見逃していたが、事件の真相は別なところにあったのだ。『仙石屋』よ」

「じゃあ、大天狗は違うんだな」

次助が上擦った声を出した。

「ああ、違う。奴らは騙《かた》りだけで、ひとは殺しちゃいねえ」

次助が安堵の表情を見せた。

「そうか」

「次助兄い」

佐助が呼びかけようとしたとき、平助が目顔で、よせと言った。

「よし。俺たちの考えが間違ってねえか、これから『仙石屋』を秘《ひそ》かに調べてみるんだ」

「兄い」

次助が真顔で呼びかけた。

「ちょっと用事があるんだ。少し、時間をくれないか」

えっと、佐助は次助の顔を見た。

「いいだろう。俺たちは『仙石屋』のことを調べてみる。次助、ゆっくりして来い」

平助が言った。

「すまねえ」

次助は勇んで走り出した。

「次助兄いは急にどうしたって言うんだ?」

「おさとという娘のところだろう」

「おさと? おさとって誰だ。あっ、ひょっとして、福井町の長屋の……。でも、どうして兄いは女の名前を知っているんだ」

佐助は不思議に思いながら、次助の後ろ姿を見送っている平助の横顔を見つめていた。

第四章　別れ

一

次助は深川冬木町からおさとのいる福井町に向かって走った。途中、足を緩め、また走り出す。気が急《せ》いていた。

伊兵衛殺しが大天狗《おおてんぐ》の使者の仕業ではないかもしれないということが、次助をおさとの元に走らせたのだ。

今まで、竹蔵を探すことに及び腰だったのは、竹蔵に伊兵衛殺しの疑いがあったからだ。竹蔵は人殺しではない。これから堂々と竹蔵を探せる。おさとに、そのことを告げたかった。

両国橋に差しかかったときには息切れがしてきたが、なんとか踏ん張って橋を越え、ようやく棒のようになった足で神田川を渡り、福井町にやって来た。

長屋木戸の前で、とうとうしゃがみ込み、次助はしばらく休んでから、下腹に力を入れて立ち上がった。

露地を入る。洗濯物を取り込んでいた長屋の女房が巨軀《きょく》の次助を目を丸くして見ているので、笑顔の会釈をし、おさとのいる家の前に辿《たど》り着いた。

戸を叩《たた》き、

「おさとさん。次助だ」

と声をかけ、戸を引いた。

「まあ、次助さん。何かあったのですか」

昼間に次助がやって来たのは初めてだったので、おさとは驚いたようだ。

「いや、そうじゃねえんだが」

竹蔵の疑いが晴れたという喜びだけで、あとさきのことを考えずに夢中でやって来てしまったことに、今になって次助は自分でも呆《あき》れた。

おさとが何かあったと思うのは当たり前だ。

「どうぞ」

「すまねえ。ここで」

小さな声で言い、次助は上がり框《かまち》に腰を下ろした。

おさとは、風呂敷を隅に追いやった。片づけものをしていたようだ。

「おさとさん。荷物の整理をしているのか。そうか、いよいよ勤めに出るのか」

「はい。三日後に、ここを引き払って浅草に移ることになりました。何度も勤めに出るのを引き延ばしてしまい、もうこれ以上は……」

「そうかえ」

次助がしょんぼりした。

「それまでに兄さんが見つかるといいんだが」

「いえ。もう、諦《あきら》めました」

おさとは俯《うつむ》いて答えた。

「何を言うんだ。竹蔵はきっと江戸にいるはずだ。かりに、三日間で見つけ出せなくとも、きっといつか俺が探して見せる」

「いえ。これだけ探しても見つからないんです。きっと、そういう運命なんだと思います。なまじ会わないほうがいいということかもしれません」

「だって、あれほど会いたがっていたんだろう。いいさ、俺がきっと探し出し、おさとさんの奉公先に連れて行く」

「やめて」

強い声だったので、次助がはっとした。

「いいんです。もう、諦めました」

「おさとさん。いってえ、どうしたって言うんだ。きょうのおさとさんはちょっとおかしい」

「ごめんなさい」

「いや。別に謝るようなことじゃねえ」

次助はなぜか裏切られたようなやるせない気持ちになった。

「次助さん。今、お茶をいれますね」

おさとは明るい声を出した。それが空元気だということがわかった。

「おさとさん。じつは、俺、今まで言わないでいたことがあった。じつは、大天狗の使者っていう男はひとを殺しているかもしれないと思っていたんだ。だけど、どうもそうじゃないってことがわかってきた」

急須に鉄瓶の湯をいれる手を止め、おさとが顔を向けた。

「つまり、俺は竹蔵がひとを殺したかもしれないと疑っていたんだ。だから、竹蔵を見つけることがいいことかどうか、迷っていたんだ。でも、竹蔵はそんなことはしちゃいなかった。だから、おさとさんに堂々として会わせられる。そう思うと、うれしくなって飛んで来たってわけだ」

「次助さん」

「これからは、俺も本気になって竹蔵を探す。そう思ったんだ。それなのに、おさとさんが諦めちまうなんて」

次助は悔しそうに拳《こぶし》を握りしめた。

おさとは黙って俯いていたが、ようやく手を動かして、お茶をいれた。

「どうぞ」

おさとが湯飲みを次助の前に置いた。

「おさとさん。竹蔵はおまえさんのたったひとりの身内じゃねえか。ふたりきりの兄妹じゃねえか」

「次助さん。ごめんなさい。もう、兄のことも私のことも忘れてください」

次助は耳を疑った。

「どういうことだね」

「私、やることがあるんです。今まで、いろいろありがとうございました」

「帰れって言うのか」

自分の声が震えているのがわかった。

「どうしてだ。どうして」

次助は声を呑《の》んだ。

おさとは冷たい顔で、片づけものをはじめたのだ。

信じられなかった。次助は深い悲しみに襲われた。

立ち上がり、おさとを見下ろし、

「おさとさん。もう、ここへは来ねえ。達者でな」

と言うや、すぐに踵《きびす》を返し、戸障子を乱暴に開けて露地に飛び出した。

神田川まで駆けて来た。土手に吹きつける風はひんやりしていた。厚い雲が流れて、今にも降り出しそうな空模様に変わっていた。

冷たそうな川の水を眺めているうちに、さっきのおさとの冷たい顔を思い出した。

女なんてわからねえ。次助は胸をかきむしりたくなった。

おさとは、兄に会いたい一心で俺にも声をかけて来たのではないのか。奉公先に出向く日が間近になって、もう気持ちはそっちに向かって、兄のことなどどうでもよくなったというのか。

それにしたって、俺が竹蔵を探し出したら、奉公先まで連れて行くと言ったときの、あのおさとの拒絶したような言い方はふつうではない。

まるで、竹蔵が現れたら迷惑だと言っているようなものだ。それほど、今度の奉公先が大切なのか。兄以上に、奉公先が大事なのか。

いったい、どんな奉公先なのだ。

次助は悲しかった。なぜ、こんなに悲しいのだろうか。自分でもよくわからないほど、胸の辺りに何かが淀《よど》んでいる。

竹蔵のことも心配だ。自分は相撲《すもう》を辞めたが、竹蔵は成功すると思っていた。その竹蔵が親方から破門された。

江戸を離れてから、旅芸人の一座に拾われ、怪力を見世物にして生きて来たようだ。だが、その一座にもいられなくなって江戸に向かった。

そして、高尾山薬王院の大天狗の使者を名乗り、商家から喜捨を求めて金を手に入れようとした。

このままでは、竹蔵はどんどん転落の人生を歩んで行くような気がする。それを救うためにも、おさとが必要だったのだ。

竹蔵はふた親に疎《うと》んじられてきたと思い込んでいるようだ。だが、実際は父親も母親もいかに竹蔵のことを思っていたか。そのことを知らせてやりたいと、おさとは言っていたのだ。

その熱い思いはどこに行ってしまったのか。

ふと自分の目尻《めじり》が濡《ぬ》れているのに気づいて、次助はびっくりした。この俺が涙を流すなんて、と次助は愕然《がくぜん》とした。

黒い雲が次助の真上に浮かんでいる。雨にならないうちに帰ろうと、大きく深呼吸してから振り返ったとき、近づいてくる人影を見た。

薄暗くなった風景にすっと浮かび上がるように現れたのは平助だった。

「兄い」

次助は茫然《ぼうぜん》と呟《つぶや》いた。

「兄い。どうしてここに」

「おめえのことが心配でな」

平助は次助の横に立って川を見つめた。

「佐助は?」

「茂助父っつあんのところに行ってもらった」

「そうか。でも、どうして」

「次助。すまねえが、おさとさんのことを調べさせてもらった」

「そうか、知っていたのか」

「おめえを心配して、佐助がおめえのあとをつけたんだ」

「ふん、あの佐助がな」

次助は口許《くちもと》を緩めた。

「佐助の話を聞いて、俺が佐助にも内緒で調べたってわけだ」

「別に、隠そうとしたわけじゃねえんだが」

「わかっている」

「兄い。女なんて、わからねえものだ」

「まあ、そうだな。だが、あのおさとさんのことならわかるぜ」

「えっ、どういうことだ？」

「おさとさんとの間で何があったか知らねえが、おめえはおさとさんがどこに勤めに行くか知っているのか」

「奉公に行くとは聞いていたが、どこだか知らねえ」

「そうか」

平助が暗い顔を川に向けた。ちょうど、船が過ぎて行くところだった。

「兄いは知っているのか」

「次助」

平助は痛ましげな目で、

「おさとさんが勤めるのは吉原だ」

「げっ、吉原」

次助はのけ反りそうになるほどの衝撃を受けた。

「おさとさんは娼妓《しょうぎ》になるのか」

「そうらしいな。あの長屋は橋場の辰蔵という男が世話をしたらしい。その橋場の辰蔵というのは、いわゆる女衒《ぜげん》だ」

「橋場の辰蔵」

商人のように柔らかい感じの丸顔の男を思い出した。いかにも人当たりのよさそうな雰囲気だが、女を苦界に売る地獄の商人だったのかと、次助が歯嚙《はが》みをした。

だが、辰蔵に向けた怒りはすぐに萎《しぼ》んで行く。いかに女衒とはいえ、いやがる女を攫《さら》って苦界に売り飛ばすわけではないのだ。

吉原に行くことは、おさとも納得ずくのことに違いない。そういう運命を受け入れたのに違いない。

「おさとさんは娼妓になるために江戸に出て来たのか」

いや、違うと、次助は今になってわかった。

おさとは村にやって来た女衒の辰蔵から声をかけられたとき、ある条件のもとに吉原に行くことを決めたのではないか。

それは、兄を探すことだ。そのために江戸で二ヶ月ほどの時間をもらう。そういう約束で、おさとは江戸に出て来たのだ。

だが、兄を見つけることが出来ないまま、辰蔵との約束の期限が迫って来ていた。

今さら、兄に会ってもすぐ娼妓になるために引き離される。ならば、なまじ会わないほうが娼妓になったことを知られずに済む。そう考え、兄を探すことを諦めたのではないか。

俺に対しても、そうだ。娼妓になることを知られたくないために、あんなことを言ったのだ。次助はそう思った。

「兄い。おさとさんを助けることは出来ねえか。吉原に行かずに済むようにならねえか」

次助は平助に縋《すが》った。

額に冷たいものが当たった。とうとう降り出して来たのか。

「次助。帰ってから詳しい話を聞かせてもらおうか」

冷めた声で言い、平助は土手を下り始めた。

おさとへの未練を残しながら、次助は平助と共に引き上げた。

二

翌日から、佐助たちは米沢町にある『仙石屋』の周辺で聞き込みをかけた。

やはり、『仙石屋』は黒部藩の御用達《ごようたし》であり、その関係から、黒部藩お抱えの力士、黒竜山を贔屓《ひいき》にし、ときたま『仙石屋』にも黒竜山が呼ばれていることがわかった。

「兄い。やっぱし『仙石屋』が伊兵衛を殺したのだろうか」

仙石屋自身に、伊兵衛を殺《や》らねばならない理由があったのだ。おそらく、集金を済ませて伊兵衛が引き上げたあと、仙石屋の意を汲《く》んだ者が伊兵衛のあとを追った。そして、人気のないところに誘《おび》き出して殺し、亡骸《なきがら》を葛籠《つづら》に押し込め、待っていた大男が葛籠を背負って運んだのだ。

この大男は黒竜山に関係した相撲取りかもしれない。

「鬼岩を無礼討ちで殺そうとした勤番侍も黒部藩の侍だ。やはり、今度の場所で、黒竜山が金剛錦と因縁の対決をすることに絡んでのことが動機かもしれねえ」

平助は苦々しい顔で言い、

「そうだとすると、『仙石屋』と黒部藩の一部藩士が手を組み、これからまだ金剛錦側に何か仕掛けてくるのは間違いない」

「どうしたらいいんだ」

佐助は『仙石屋』の土蔵造りの建物を見てきいた。

「伊兵衛殺しにしても『仙石屋』が命じたという証拠はねえ。もちろん、『仙石屋』を問い詰めても、正直に言うはずはない」

平助は遠くを見ている。何かを考えている様子だ。

ふと考えついたのか、平助は黙って歩き出した。

あわてて、佐助と次助があとをついて行く。

自身番の前にやって来た。だが、平助が目を向けているのは反対側にある木戸番屋のほうだった。

平助が佐助に耳打ちをした。

佐助は頷《うなず》き、木戸番屋に向かった。ぞうり、わらじがぶら下がっている。そこに三十ぐらいの番太郎の女房が座っていた。

「まあ、佐平次親分」

女房が笑顔を作った。

「うちのひとは寝てますけど」

木戸番は夜は拍子木を打って夜警をしながら時刻を告げる仕事もしているので、昼間は寝ている。

ここの木戸番屋の番太郎には女房がいて、荒物や駄菓子などを売って小商いをしているのだ。

「おかみさんにきいてえんだ」

「なんでしょう」

女房はちょっと緊張した顔をした。

「いや、だいぶ前になるが、高尾山薬王院の大天狗の使者という山伏姿の大男の騒ぎがあったんだが、聞いているかえ」

「知っていますとも。『生駒屋』さんの前に置かれたでっかい石を次助さんが担いでどかしたんでございましょう」

そう言って女房は次助に目をやった。次助は照れたように目を逸《そ》らす。

「この界隈《かいわい》に、あの大天狗の使者というのは現れなかったかな」

「ええ、一度見ましたよ」

「なに、見た?」

「ええ。この通りを向こうに歩いて行きました。わたしはほんとうに天狗かと思って、息が詰まりそうになりましたから」

女房の言う方角には『仙石屋』があった。

礼を言って、木戸番屋から離れた。

「やっぱし、兄いの思ったとおりだ」

「よし。『仙石屋』の向かいの店できいてみよう」

『仙石屋』の向かいには絵草子屋が店を開いている。

その絵草子屋の大きな看板行灯《あんどん》を横目に店先に入った。壁には相撲の浮世絵が飾ってある。

「佐平次親分ではございませんか」

どこでも佐平次親分と親しみを込めて迎えられる。これも評判の佐平次だからだが、一番大きな理由は決して佐平次親分が金品をねだったりしないことがわかっているからだろう。だから、安心して佐平次親分を歓待するのだ。

「ちょっと訊《たず》ねてえんだが」

と、佐助が大天狗のことを訊ねた。

「現れましたよ。だいぶ前のことになりますが、夕方の薄暗い時刻にばかでかい男がふたり、『仙石屋』さんの店先に立ちました」

「わかりやした」

礼を言って、店を出た。

「大天狗の使者は『仙石屋』にも現れていたんだな。それも時期的には、伊兵衛が殺される少し前だ」

「でも、『仙石屋』はそんなことは一言も言わなかった」

「そうだ。言わなかった。なぜ、黙っていたんだ」

「まさか、『仙石屋』と大天狗の使者は……」

やはり、結びついているのかと、佐助はききたかった。だが、そうなると、またも伊兵衛殺しに大天狗が絡んでくることになる。

「よし。『仙石屋』にじかに当たってみよう。佐助、いいか、きくことはこうだ」

平助から質問の要点を聞き、頭にたたき込んでから、佐助は『仙石屋』に向かった。

幸い、ちょっと前に外出先から帰ったばかりのようで、主人の仙右衛門は佐助と平助を庭に面した客間に通した。

がっしりした体格で、商家の旦那《だんな》というより、博打《ばくち》打ちに見えかねない迫力だが、声は女のように高い。

「佐平次親分。きょうは、またどんな御用で？」

にこやかな顔で、仙石屋がきいた。

「大泉屋の番頭伊兵衛さんのことで、ちょっときいておきたいことが出来ましてね」

佐助が切り出すと、仙石屋は笑みをたやさずに、

「ほう、伊兵衛さんのこと？　なんですか、伊兵衛さんを殺した下手人が捕まったそうではございませんか」

「いや、伊兵衛殺しは違います」

「違う？」

仙石屋は口をすぼめ、意外そうな仕種《しぐさ》をしたあとで、

「すると、やはり、高尾山の大天狗の使者と称して喜捨を求めている連中の仕業なのでしょうか」

「さあ、それも何とも言えません」

佐助は曖昧《あいまい》に答え、

「高尾山の大天狗の使者の話が出たついでにお伺いしますが、こちらさんにも大天狗の使者が現れたそうですね」

「ええ、現れました」

「でも、仙石屋さんはそのことを一言も話しちゃくれませんでしたが」

「お恥ずかしい話ですが、私のほうは一両の喜捨をしてしまいましてね。そのことが世間

に知れると、決まりが悪いので、あえて言わなかったのですよ」

仙石屋の言い訳がどこまで信用出来るものなのか。

「いつでしたか、やって来たのは？」

「確か、八月二十日前後」

「『大泉屋』さんの大石騒ぎがあったあとですね」

「そうです」

「そして、伊兵衛殺しのあった前」

「はい」

仙石屋から笑みが消えた。

「一度だけですか、やって来たのは？」

「もちろんでございます」

「あとで、仙石屋さんのほうから会いに行ったということはないのですか」

仙石屋の眉《まゆ》の辺りが微《かす》かに曇った。

「どういうことでございましょうか」

「いえ」

佐助は話題を変えた。

「じつは、伊兵衛には殺されなきゃならない何かがあったようなんです」

「殺されなくてはならないわけですか」

仙石屋は不審そうな顔をした。

「下手人から言えば、どうしても伊兵衛を殺さなきゃならない動機です。ただ、伊兵衛のほうは、それほど強く意識していなかったかもしれません」

「ほう」

仙石屋の目から鋭い光が飛び出し、佐助の目に突き刺さるように感じられた。が、顔は当初のようににこやかなものに戻っていた。

「それはどういうことなのでしょうか」

「それが何なのか、わかりません。ですから、こうやってもう一度調べ直しているというわけです」

「で、私どもにお訊ねの件とは？」

「伊兵衛はこちらにはよく来ていたようですね」

「はい。伊兵衛さんはなかなか信頼のおける番頭さんでした」

「ときには、お酒などでもてなしたこともおありで？」

「足袋《たび》を納めに来てくれたときには、お酒を召し上がっていただいたこともあります。でも、伊兵衛さんはあまり口に致しませんでした」

「最近は、いつでしたか」

「最近ですか」

仙石屋は警戒ぎみになった。

「そう、前々回の納品のときですから、ふた月以上前でしょうか」

『大泉屋』の主人の話と符合する。

伊兵衛は『大泉屋』に帰ったあとは少し塞《ふさ》ぎ込んでおり、それから数日後に『おさん』の女将に、相撲取りに群がっている連中なんて汚い手を使っても、と呟《つぶや》いたという。それは、『仙石屋』で、伊兵衛は誰かを見たか、聞いてはいけない話を聞いたかしたのではないか、というのが平助の考えだ。

「仙石屋さん。そのとき、お店にどなたか客人はおりませんでしたか」

仙石屋の表情から笑みが消えた。

「親分さん。どういうことでございましょうか」

「別に深い意味はございません。ただ、伊兵衛さんの行動を逐一調べておこうと思いましてね。たとえば、そのとき、客人の顔を見たとか、客人の話を聞いてしまったとか」

仙石屋からすぐに返事がなかった。

「もちろん、仙石屋さんから帰る途中に誰かと会った可能性もあります。いずれにしろ、伊兵衛は何らかの他人の秘密を握ってしまったのではないでしょうか」

「そんなことがあるのでしょうか」

「まあ、それをこれから調べてみるところです」

佐助はなおも何か言いたそうな仙石屋を制して、

「話は変わりますが、仙石屋さんは黒部藩にお出入りなさっているそうですね」

仙石屋は戸惑いぎみに、

「はい。藩の御用達にさせていただいております」

と、口ごもるように答えた。

「黒部藩と言えば、お抱え力士が黒竜山関」

「よく、ご存じで」

「いや。もうじき本場所が始まるので、思い出したのですよ。黒竜山関も、今場所の成績次第では大関昇進もありえますね。やはり、仙石屋さんも、当然ながら黒竜山に肩入れをしたくなるのでしょうね」

「まあ、そうでございますね」

仙石屋の表情は強張《こわば》っているように思えるが、もともとそういう顔立ちだと言われれば、そうかもしれない。

平助が目顔で、もう切り上げようと言った。

「仙石屋さん。伊兵衛のことで思い出したことがあったら何でもいい。教えてもらいてえ。邪魔をしました」

仙石屋もいっしょになって立ち上がった。

店先まで見送り、

「親分さん。ごくろうさまです」

と、わざとらしく丁寧に頭を下げた。

外に出ると、次助がさっきの絵草子屋の看板行灯の横でしょんぼり待っていた。

おさとのことを考えているに違いない。

大天狗の使者という男が次助と同門の相撲取りだった可能性は、大石の件で次助に挑戦してきたことでも間違いないように思える。

問題は伊兵衛殺しだ。殺す動機は大天狗の使者にはないから、下手人は別にいる。それが『仙石屋』だと推量したものの、ここにきて、『仙石屋』と大天狗の使者とが結びついている可能性が出て来た。

こうなって来ると、再び大天狗の使者に対しての疑いが浮上してくる。『仙石屋』から頼まれての殺しだ。

次助がこっちに気づいて飛んで来た。

「どうだった?」

次助はちょっと怯《おび》えたようにきいた。

「どうやら、こっちの考えは大きく間違っていなかったようだ」

平助の声に、次助は打ちのめされたようになった。

「『仙石屋』の狙《ねら》いは金剛錦に違いねえ。向こうに変わったことがねえか、音羽まで行ってみよう」

音羽一丁目に、金剛錦のいる相撲部屋があるのだ。

米沢町から横山町を過ぎ、小伝馬町に差しかかったとき、牢屋敷《ろうやしき》の方角から長蔵と押田敬四郎がやって来るのを見た。そう言えば、井原伊十郎は銑三の件をどう処理したのだろうか。そんなことを考えながら、長蔵を待った。

「おう。佐平次。例の件、ようやく、一件落着しそうだ」

長蔵が得意気に言った。

「で、銑三たちはどうなったんだ？」

「今度のお奉行のお白州《しらす》で、取調べはすべて終わる」

「銑三は罪を認めたんですかえ」

「うむ。小伝馬町送りのあと、押田の旦那が再調べをしてな。こういうことになった。『木曾屋』の吉松は『春の家』でお秀といっしょにいるときに心の臓の発作で急死。銑三は淫売宿のことがばれるのを恐れ、届け出ずに、客の常吉に死体の処理を手伝わせたってわけだ」

「なるほど。病死の吉松の死体をふたりで棄《す》てたってわけか」

「うむ。ところが、常吉と分け前のことでもめ、常吉に金を払うからと北十間川に呼び出して匕首《あいくち》で胸を突き刺して殺した。そういうことだ」

「で、伊兵衛殺しは？」

「あれは違った。銑三の仕業じゃねえ」

長蔵はいけしゃあしゃあと言う。

「でも、長蔵親分も押田の旦那も最初は伊兵衛殺しも銑三の仕業だと考えていたんじゃないんですかえ」

佐助は長蔵から押田敬四郎に目を向けた。

「だが、押田の旦那がもう一度調べてみようって言うんで調べ直してわかったのよ。おかげで、押田の旦那は上役の与力《よりき》の旦那から、よく最後まで徹底的に真相を見つけ出す努力をしたと褒められたそうだぜ。ねえ、旦那」

「う、うむ」

押田敬四郎は苦しそうに頷き、

「もういい。長蔵。行くぜ」

と、逃げるように足早に去って行った。

「どうやら、井原の旦那は押田の旦那に話したようだな」

平助が長蔵たちの後ろ姿を見送りながら言った。

「それを押田の旦那は長蔵には自分の考えのように話していたんだな」

佐助はいまいましそうに、

「井原の旦那だって、自分が思いついたように押田の旦那に話したに決まっている」

「まあ、こっちの意見を聞いて押田の旦那に話したんだ。あの旦那にしたら、よくやったほうだ」

平助は伊十郎を半ば揶揄《やゆ》するように言った。

気を取り直し、三人は本郷、小石川を通り、音羽一丁目にやって来た。

相撲部屋は護国寺の樹木が見通せる場所にあった。

もう稽古《けいこ》はとっくに終えている時間で、力士たちは思い思いに過ごしているのだろうと思っていたが、何やら皆、忙しく立ち働いていた。

玄関を入り、暗い奥に向かって声をかけると、何度目かでやっと若い相撲取りが出て来た。

「佐平次と言う者ですが、金剛錦関はいらっしゃいますかえ」

佐助が声をかけると、奥からでかい男が顔を出した。鬼岩だった。

「佐平次親分」

鬼岩は佐助のところにやって来た。

「次助兄い。どうも」

鬼岩は次助の前で小さくなった。

「なんだか、忙しそうだな」

「へえ。本場所が近づいたので、回向院の近くの宿舎に移動する支度をしておりやす」

「そうか。もう、始まるんだな。じつは、金剛錦関に会いに来たんだが、今いるかえ」

「いえ。さっきあわてて部屋を飛び出して行きました」

「あわてて？　何かあったのか」

「いえ。それがわからねえんで」

鬼岩は声をひそめ、

「ひょっとしたら、片町のほうで何かあったのかもしれねえ」

「片町？」

「へえ。じつは金剛錦関は妾《めかけ》を駒込片町に囲っているんで。元深川仲町の芸者だった女です。世間には内緒なんですが」

「その妾のところに行ったのか」

「へえ。それ以外、考えられねえんで」

「何かあったのだろうか」

「さあ」

「最近、金剛錦関のまわりで妙なことはなかったかえ」

「妙なこと？」

「なんでもいいんだ。どんなささいなことでも」

鬼若は思い出そうと、しきりに大きな拳で自分の頭を叩いた。

「そう言えば、さっき年寄りの乞食《こじき》が来やした」

「年寄りの乞食？」

「へえ。背は高く、ひょろ長い年寄りでした。髭《ひげ》もじゃで、破れた着物姿でした。金剛錦関に会いたいと言って玄関から動こうとしなかった。それで、しょうがなくて、金剛錦関が出て行ったんです」

鬼岩は不思議そうに、

「その乞食は金剛錦関に何かぼそぼそという感じで言うと、すぐに踵を返してしまいやした」

「何を言ったのかは聞こえなかったんだな」

「へえ、まったく」

「そのことで、金剛錦関は何も？」

「へえ、何も言いません」

「それから、金剛錦関は出て行ったというのか」

「そう言われれば、そうですね。じゃあ、片町じゃないのかな」

鬼岩が頸《くび》をひねった。

「ともかく、その妾の家に行ってみよう。場所を教えてくれねえか」

「へえ。駒込片町の吉祥寺の山門の向かいの道を入って行くと、小さな団子屋があります。その裏手にある二階建ての一軒家です。黒板塀で小粋《こいき》な家ですから、すぐにわかると思いやす」

「名前は何と言うんだね」

「およしさんです」

「わかった。すぐに行ってみよう」

佐助たちは駒込片町に急いだ。

鬼岩の説明どおりに吉祥寺の山門の向かいの道を入って行くと、間違いなく小さな団子屋があった。

それから、黒板塀の小粋な家はすぐに見つかった。

佐助は格子戸を叩いた。

やがて、内側から音がして、年配の女が出て来た。

「あっしは御用の十手《じって》を預かっている佐平次というもんだが、およしさんはいるかえ」

「いえ」

女は目をしょぼつかせて言う。

「どこかへお出かけか」

そのとき、奥から黒い影が射《さ》した。金剛錦がぬっと現れたのだ。

「佐平次親分。何か」

「おう、関取。やっぱしここでしたか」

金剛錦は屈託を抱えたような顔だったが、

「何か御用で?」

と、平然ときいた。

「関取があわてて部屋を飛び出したと聞いて、何かあったんじゃないかと思いましてね」

「本場所を控えて、神経が昂っているんで、あわてているように見えたのでしょう」

「今度の場所は、黒竜山と因縁の対決になりますからねえ」

「どの相撲も真剣に取るだけです。親分。場所前で、心を落ち着かせるために、ここに来ているんです。そいつをわかってやってくだせえ」

およしのことをきこうとしたら、平助が袖《そで》を引いたので、佐助は引き下がることにした。

「そうですかえ。わかりやした。じゃあ、失礼しやしょう」

佐助は家を出た。

「どうも、おかしい」

外に出てから、平助が眉を寄せ、顎《あご》に手を当てた。

「念のためだ。きのうからきょうにかけて、この辺りで葛籠を背負った大男を見た者がいないか聞いてまわるんだ」

「よし」

すぐに、佐助はさっきの団子屋に走った。

年寄り夫婦のやっている団子屋で、うまいという評判なのだろう、客が並んでいた。

「すまねえな。ちときてえんだが」

佐助が顔を出すと、客が驚喜の表情を浮かべた。

「佐平次親分ですか」

客のひとりの年増《としま》がはしゃいだようにきく。

「そう、佐平次だ」

皆の熱い視線を浴びて、すっかりいい気持ちになった。佐平次親分冥利《みょうり》に尽きるのはこういうときだ。

　だが、今は浮かれている場合ではない。

「この近辺で、葛籠を背負った大男を見なかったかね。そう、きのうからきょうにかけてだ」

「見ました」

　別の客が前に出て来た。

「きょうの昼前です。大きな葛籠を背負った相撲取りみたいなひとです。股引《ももひ》きに尻端折《しりはしょ》りをしていたので、相撲取りにしては変だなと思っていましたけど」

「私も見たわ」

　と、若い女の客が話を引き取った。

「私は畑の中の道を根岸のほうに向かうのを見ました」

「顔は見なかったか」

「髭もじゃでした。顔もでかくて、鼻が私の握り拳ぐらいあったわ」

「ありがとうよ」

　いろいろ話しかけて来るのを振り払って、佐助は外に出た。

「兄い。やっぱし、現れている。大天狗の使者を名乗った男だ。まさか、およしっていう妾は殺されたんじゃ？」

「いや。かどわかしだ。生きたまま連れ去って行ったんだ」

「竹蔵」

次助がふと呟いた。

「次助、どうした?」

平助がきいた。

「おさとさんが、あと二日で苦界に身を沈めちまうんだ。どうしても、竹蔵に会いてえ」

次助が胸をかきむしるように言い、

「兄い。およしって妾を連れて行ったのは竹蔵に間違いねえ。竹蔵の居場所は『仙石屋』が知っている。『仙石屋』をとっちめて口を割らそうじゃねえか」

次助は焦っているようだ。

「いや、『仙石屋』はそう簡単に口を割らねえだろう。だが、次助が今言ったように、奴らの隠れ家は『仙石屋』の息のかかったところだろう。あるいは、黒部藩の下屋敷」

「兄い。『仙石屋』の別邸にでも乗り込ませてくれ。俺はおさとさんと竹蔵を会わせてやりてえんだ」

次助は胸の底から絞り出すように訴えた。

「次助。おめえは大天狗の使者は竹蔵だと思っているのだな」

「俺へ挑んで来ている。間違いねえ」

「よし、わかったぜ。佐助、今度ばかしは次助の言うようにしよう」

「ああ、いいとも」

佐助も下腹に力を込めて応じた。

「ただし、乗り込むんじゃねえ。竹蔵を誘き出すんだ」

「誘き出す？」

次助は意気込んできいた。

「ああ。竹蔵を誘き出すんだ」

平助の鋭い顔がさらに凄味《すごみ》を増していた。

三

廊下を走る慌ただしい足音に、仙右衛門は目を覚ました。まだ、窓の外は薄暗い。やがて、足音は部屋の前で止まった。

「旦那さま」

手代の平八《へいはち》の抑えた声が聞こえた。仙右衛門の手足となって働いている男だ。

「何事だ？」

仙右衛門は半身を起こした。

「たいへんです。玄関の前に……」

あとの声がすっと消えて行ったように思えた。あまりにも意外なことだったので、言葉を聞いたのに、意味をとらえ切れなかったのだ。

「玄関の前に、何だ?」

わけのわからない不安が仙右衛門の胸を走った。

「はい。玄関の前に大きな釣鐘が置いてあります」

仙右衛門はすぐに声が出せず、ただ唸《うな》り声を発した。

隣に寝ていた妾が寝返りを打った。

「すぐに行く」

平八が去って行ったあと、しばらく仙右衛門は惚《ほう》けたようにじっとしていたが、はっと我に返って、あわてて立ち上がった。

妾が何か言った。寝言らしい。

仙右衛門は羽織を羽織って寝間を出た。

ここは、深川海辺大工町にある『仙石屋』の別邸である。仙石屋仙右衛門はゆうべから妾といっしょにここに来ていた。

野趣に満ちた庭に、尼寺のような雰囲気の屋敷。香が焚《た》かれて、どこか山奥の尼寺にでも訪れたような錯覚に陥る玄関。

その玄関の前に、出入り口を塞ぐように大きな青銅の鐘が鎮座していた。

「いったいどうしたというのだ?」

仙右衛門は平八にきいた。

「わかりません。下男が見つけて、私のところに知らせに来ました」

脇のほうで、下男はうろたえた顔をしていた。

東の空が白んできて、鐘の姿がはっきりして来た。

「八十貫目（三百キロ）はゆうにあります」

平八は困惑を隠さずに言う。

「誰が何のためにこんなことを……」

仙右衛門はその理由に思い当たらなかった。ただ、このような真似《まね》の出来るのは岡っ引き佐平次の子分の次助という男だということを思い出した。

そうだとしても、なぜ、こんな真似をしたのかはわからない。

「平八」

仙右衛門は手代にしては筋肉質で力もありそうな平八に、

「あの男を呼べ」

と、命じた。

「はい、武竜山ですね。さっそく」

仙右衛門の意を察して、平八がすぐに外に飛び出して行った。

ここは目の前は雑木林であり、ひとのあまり通行しない場所であり、釣鐘を見られる心配はないが、ひとの噂《うわさ》になることは避けたかった。

次に、仙右衛門は下男を呼び、

「近所の寺で、鐘がなくなっていないか、こっそり見て来るのだ」

と、命じた。

近くには寺が多い。おそらく、この近所の寺の鐘だろう。

「どうしたんですか、これ」

背後で妾が甲高い声を上げた。

「わからん」

仙右衛門は不機嫌に答えた。

だいぶ時間がかかって、下男が戻って来た。

「三徳寺の鐘楼に釣鐘がありませんでした」

「三徳寺か」

と、仙右衛門は唸った。

ここから五十間（約九十メートル）ほどの距離だ。これだけの重さの釣鐘を持って五十間もの道を行ったのだろうか。

いったん部屋に戻って、武竜山を待った。

高尾山薬王院の大天狗の使者だと称して『仙石屋』の店先に現れたのが、武竜山と忠次《ちゅうじ》郎《ろう》という男だった。ふたりとも、相撲上がりだという。

喜捨を求めて金銭を騙《だま》し取る輩《やから》だったが、仙右衛門は役に立つかもしれないと思い、金でふたりを雇ったのだ。

ふたりは金二十両ずつの報酬を約束すると、すぐに乗ってきた。そして、大天狗の使者という騙《かた》りをやめさせ、黒部藩下屋敷に匿《かくま》わせた。

今度の場所で、どうしても黒竜山が金剛錦に勝ってもらわねばならないのだ。黒竜山と金剛錦の相撲対決の激しさは、それぞれのお抱え主の黒部藩と大浜藩との名誉争いになっていた。

特に黒部藩の執念は度を越していた。江戸家老じきじきに仙右衛門を呼出し、「今度の場所で絶対に黒竜山を勝たせろ。もし、金剛錦に負けるようなことがあれば、『仙石屋』との取り引きも考え直さねばならん」と威《おど》しをかけてきたのだ。

仙右衛門には理不尽と思える要求だったが、もともと黒竜山が黒部藩のお抱えになったおかげで、同郷の誼《よしみ》で黒竜山を後援していた『仙石屋』も黒部藩に取り入ることが出来たのだから、この理不尽な要求にも従わざるを得なかった。

『仙石屋』を守るためには、どうしても黒竜山を勝たせなければならないのだ。だが、金剛錦は上り坂の力士で、どんどん力をつけてきている。

だから、強引な手段に出たのだ。だが、その企《たくら》みを『大泉屋』の番頭伊兵衛に聞かれてしまったのは失敗だった。

伊兵衛が納品の挨拶《あいさつ》にやって来た日、たまたまそこに黒部藩の近習頭《きんじゅがしら》の新井《あらい》剛三郎《こうざぶろう》がやって来ていたのだ。

新井剛三郎と平八が、金剛錦の弟子の鬼岩を無礼討ちにする企みを話していたのを、偶然に伊兵衛は聞いてしまった。

もし、あとで、鬼岩が無礼討ちに遭ったら、伊兵衛はこのことを誰かに言うかもしれない。災いの種は未然に防がねばならなかったのだ。

障子の外にひとの気配がした。平八が戻って来たのだ。

「今、表に来ています」

「よし」

仙右衛門は玄関に出た。

体の大きな髭もじゃの男が釣鐘を睨《にら》んでいた。

「武竜山。これを運べるか。三徳寺までだ。ここから五十間もある」

「心配ねえ」

武竜山はすぐに諸肌《もろはだ》を脱いだ。

武竜山が釣鐘の傍《そば》に寄り、両手で釣鐘をぐっと引くと、上のほうが武竜山のほうに倒れて来た。すると武竜山はてっぺんにある竜頭を摑《つか》み、えいっと掛け声を発してあっという間に釣鐘を逆さにして差し上げた。

仙右衛門は唸った。武竜山がまるで天狗のように思えたのだ。だが、その前に、この釣鐘をここに運んで来た人間がいるのだ。

武竜山はゆっくりと三徳寺に向かって行った。

四

三徳寺の鐘楼を見通せる庫裏《くり》の陰から、次助は山門を見ていた。

やがて、下男らしき男に先導されて、髭もじゃの大男が釣鐘を頭上高く持ち上げたまま、山門の前にやって来るのが見えた。

次助は身を乗り出し、目を凝らした。髭もじゃの男は釣鐘を頭上からおろし、今度は腹にかかえるようにして山門をくぐった。

やがて、鐘楼の前にやって来た。

髭もじゃの男は釣鐘を鐘楼に戻した。大きく深呼吸をし、そして、ゆっくり鐘楼から下りて来た。

「竹蔵」

次助は口の中で叫んだ。

髭もじゃの顔の中に、握り拳のような特異な鼻。紛れもない、竹蔵だった。

十年振りの再会だが、次助の頭の中にはおさとのことがあった。おさとは明日、吉原に行くのだ。

竹蔵は辺りを見回した。そして、何事もなかったかのように、引き上げて行く。雑木林の中から、平助と佐助が見張っているはずだ。

竹蔵が消えてから、次助は住職のところに寄り、釣鐘を借りたことの礼を言い、竹蔵のあとを追うように山門を出た。

『仙石屋』の門を見通せる雑木林の中に、平助と佐助がいた。

「奴は、『仙石屋』に入って行ったぜ。で、どうだった?」

平助が振り向いた。

「竹蔵に間違いない。髭面だが、子どもの頃の面影がある」

「そうか。おさとさんの兄さんが見つかったか。よし、出て来たら、次助が声をかけろ。俺たちは、逃げた場合に、すぐ尾行出来るように待ち構えている」

「よし」

次助は悲しげに頷いた。

それから四半刻(三十分)後に、竹蔵が出て来た。

手代ふうの男といっしょだ。優男だが、唇のいやに赤い、目尻のつり上がった男だ。

「拙《まず》いな」

次助が舌打ちした。

そのまま、ふたりのあとをつけた。最初に平助が動き、次に佐助が動いた。

次助は佐助のあとをついて行く。

堀に出た。佐助が振り返り、手で何か言っている。佐助が材木置き場の陰に隠れたので、次助もあわてて露地に飛び込んだ。

やがて、手代ふうの優男がひとりで引き返して来た。

その男を見送ってから、次助が佐助のほうに駆けた。平助が竹蔵に声をかけていた。腰を屈《かが》め、まるで道でもきいているような感じだ。

竹蔵を引き止めていたのだ。次助が竹蔵の傍に駆け寄った。

次助の影を目の端にとらえたのだろう、竹蔵が顔を向けた。

その表情が複雑に動いた。驚いたような、泣き出すような、怒ったような、どれもが当たっているような表情だった。

「竹蔵、久しぶりだな」

「次助……」

竹蔵が吐き出すように言う。

「おめえにききてえことがたくさんある。が、今、それどころじゃねえ。おささんが江戸に出て来ているのを知っているか」

「なんだって、おさとが？」

「そうだ。おめえを探していたんだ。このふた月間、江戸中を探し回っていたぜ」

「どうして、おさとは江戸なんかに出てきやがったんだ」

「おめえ、おっ母さんが亡くなったのを知るめえ」

「いや、知っている。知っているんだ。この春に、信州に寄ったときに知ったんだ。そして、おさとが苦労していることも知った」

「だったら、なぜ顔を出してやらなかったんだ」

「金だ。金を稼いで、会いに行こうとしたんだ」

「だから、旅芸人の一座を辞めて、江戸に出たのか」

「どうして、それを?」

「おさとさんがそう言っていた」

「そうか。おさとは知っていたのか」

「竹蔵。おさとさんは明日、吉原に身を売るんだ」

「げっ、なんだと」

目を剝《む》いたまま、竹蔵の顔が硬直したようになった。

「おめえに会いたいばかしに、女衒に身を委《ゆだ》ねて江戸に出て来たんだ。今、会いにいかねえと、もう二度と会えねえかもしれねえ」

「どこだ。おさとはどこにいるんだ?」

「浅草の福井町だ。徳右衛門店という長屋の一番奥の家にいる。これから行ってやれ。俺が案内する。もう時間がねえんだ」

「待ってくれ。今は無理だ。夜までに必ず行く」

「ほんとうだな。明日は、おさとさんは吉原に行っちまうんだ」

「わかっている。おさとをそんなところに行かせやしねえ」

竹蔵は青ざめた表情で言う。

「待っているぜ」

逃げ出すように駆け出して行った竹蔵の背中に声をかけた。

平助と佐助が出て来た。

「すまねえ。金剛錦の姿のことはきけなかった」

そのことを口に出せば、竹蔵が態度を硬化させるだろうと思ったのだ。だから、どこに住んでいるのかもきけなかった。今は、おさとに会わせて上げることだけが、次助の望みだった。

次助は福井町に走った。きょう、おさとがいつあの長屋をあとにするかわからないが、ともかくおさとに待ってもらわねばならないのだ。

長屋に着いて、露地に入った。奥の家に向かうと、この前の男がおさとの住んでいた家から出て来た。

商人のような柔らかい雰囲気のある丸い顔の男だ。おさとを吉原に世話をした女衒だ。優しそうな顔立ちをしながら、女を食い物にしている男だ。だが、向こうに言わせれば、貧しい人々に救いの手を差し伸べているのだと言うに違いない。

その男を押し退けるように土間に入ると、身支度を整えたおさとがまさに出て行こうとするところだった。

「おさとさん、待ってくれ。竹蔵が見つかった。兄さんが見つかったんだ」

「えっ、ほんとうに?」

紙のように白かったおさとの顔に、微かに朱が差したように思えた。

「夜までにここに訪ねて来ることになっている。頼む。それまで待ってくれ」

「兄さんはやっぱり、高尾山の大天狗?」

「そう」

次助は正直に答えたあとで、

「竹蔵は、今年の春、ひとをやっておさとさんの暮らしぶりを調べたそうだ。おっ母さんも亡くなり、おさとさんの貧しい暮らしを知り、おさとさんにまとまった金をあげてえと、あんなことを始めたそうなんだ。決して自分のためではないんだ」

おさとは迷っていたふうだが、外に待っていた女衒の男に、

「お願いします。夜まで待っていただけませんか」

と、頼んだ。

「せっかく兄さんと会えるのだからね」

男は素直に言い、

「じゃあ、私はいったん引き上げ、また夜に参りましょう。そう、五つ(八時)に迎えに参りましょう」

と、あっさり出て行った。

「ずいぶん親切だな」

意外そうに、次助は言った。

「はい。私のために親身になってくれました」

いくら親身になろうが、女衒は女衒だ。おさとを苦界に引きずり込もうとしている男であることは間違いない。

おさとは再び部屋に上がった。次助はしばらくいたが、竹蔵がやって来る頃になって、引き上げることにした。

次助は長屋木戸の見える小さな商家の脇の道に隠れた。ほんとうに竹蔵がやって来るか、見届けるためだ。

竹蔵と会えば、何かおさとに道が開けるかもしれない。苦界に沈みかけたおさとを救い出すことが出来るかもしれない。その期待も大きかった。

天秤棒《てんびんぼう》を担いだ魚屋や豆腐屋などが長屋の露地を入って行き、仕事を終えた職人や占い師のような男などが続々と帰って来た。

やがて、露地へ入って行くひとも途絶えた。どの家も亭主が帰って来て、夕飯をとっているのだろう。

きっと、おさともひとりで夕餉《ゆうげ》の膳《ぜん》の前に座っていることだろう。

暮六つ（六時）の鐘が鳴ってだいぶ経《た》つが、竹蔵はまだやって来ない。次助の足元も暗くなり、もう通りからはここにいる次助の姿は見えないだろう。

それから、さらに時間が経った。酔っぱらった男が鼻唄を唄いながら通り過ぎて行った。

どこぞで、犬の遠吠《とおぼ》えが聞こえた。

　夜も更け、空気も一段と冷えて来た。ときおり、次助は肌を手のひらでこすった。

　そろそろ五つ（八時）になろうかというとき、大きな黒い影が現れた。次助は身構えるように目を凝らした。

　大男だ。髭がない。が、特異な鼻の形は紛れもなく竹蔵のものだった。

　おさとに会う前に髭を剃《そ》ったんだと思った。

（竹蔵、よく来てくれた）

　次助は心の内で呟いた。

　竹蔵は長屋木戸を入って行った。少し時間を置いてから様子を見に行こうと待っていると、竹蔵が出て来るのを見た。

「どうしたんだ？」

　次助が不審を持った。

　竹蔵は去って行く。次助は露地から飛び出した。

「待て、竹蔵」

　次助が呼びかけると、竹蔵はあっと振り向き、すぐに走り出した。

　次助はあとを追った。

　神田川の土手に上がったところで竹蔵に追いついた。

　竹蔵ははあはあ肩で息をしていた。

「竹蔵。おさとさんに会って来なかったのか」

次助が草むらにしゃがみ込んだ竹蔵を詰《なじ》るようにきいた。

竹蔵はうなだれたまま、

「会えなかった。今の俺には、おさとに合わす顔はねえ」

「したって、このままじゃ、もういっしょう会えねえかもしれねえんだ」

「金を置いて来た」

「金?」

「今年の春、信州に立ち寄ったとき、一座の仲間に家の様子を見に行ってもらったんだ。それで、おっ母が亡くなり、おさとが貧しい暮らしをしていると知ったんだ。なんとか、おさとには幸せになってもらいてえ、そのためには金を稼がなくてはと、俺は一座をやめて江戸に出たってわけだ」

自分からやめたように言っているが、酒と女にだらしなくて、親方からやめさせられたのだ。次助はそのことには触れず、

「高尾山の大天狗の使者だなんて虚仮威《こけおど》しで、金を手に入れようとしたって、長続きするはずはねえ。そんなこともわからねえのか」

「そうでもねえ。最初は皆、僅《わず》かでも金を出してくれたんだ」

「あの大石は断られた腹いせだったのか」

「違う。最初は大石を置いて、大天狗の力で石をどけてやって喜捨を受けるという計算だ

った。それが、次助のおかげでだめになったんだ」

「最初から、俺のことを知っていたのか」

「違う。『大泉屋』の前に置いた大石を持ち上げた男が次助という男だというのを瓦版《かわらばん》で見たんだ」

「やっぱし、『生駒屋』の前の大石も、請地村の大石も俺への挑戦か」

「そうだ。おめえには負けたくなかった。大石の威しを邪魔されたというより、次助への負けじ魂が蘇《よみがえ》って来たんだ」

「おめえは、今俺が何をしているか知っているな」

「ああ。岡っ引きの手下になっているんだってな」

「だったら、俺がなぜおめえたちを追っているか、そのわけもわかっているんだな」

竹蔵は頷いた。

「なぜ、『仙石屋』の仲間になったんだ?」

「金だ。おさとにまとまった額の金を渡してやりたかった。おかげで、おさとには会うことは出来なかったが、さっき金を置いて来た。その金で、苦界に行かないように、次助からも話してくれ」

竹蔵が言ったとき、

「そんな金、使えないわ」

と、女の鋭い声が届いた。

振り向くと、おさとが近づいて来ていた。

「兄さん。やっぱし兄さんだったのね」

おさとが駆け寄った。

「お金を放《ほう》り込んだのが兄さんだとわかったわ。すぐ飛び出したけど、兄さんの姿が見えなかった。探しまわったのよ」

「おさと」

竹蔵は立ち上がり、おさとの手を握った。

「兄さん」

おさとも竹蔵にしがみついた。

「すまなかった。おめえが俺を探しに江戸に出て来ているなんて、ちっとも知らなかったんだ」

「兄さんに一言告げたかったの。兄さんはお父っつあんやおっ母さんに見捨てられたんだと言っていたけど、違うのよ。あれは、兄さんに里心がつかないように、わざと突き放すような言い方をしただけで、ほんとうはふたりとも、いつも兄さんのことを心配して、兄さんの無事を祈っていたのよ」

竹蔵は茫然とした顔をしていたが、やがて顔をくしゃくしゃにした。

「そうだったのか。それを俺という奴は……」

竹蔵は自分の頭を自分の手で叩いた。

「おさと。それを言うために、俺に」

「兄さんにも会いたかったから」

「おさと。この金を女衒に返して身を売るのをやめるんだ」

竹蔵は訴えた。

「いいえ」

おさとは首を横に振った。

「兄さん。これは受け取れないわ」

「どうしてだ」

「私、兄さんが汗水流して稼いだお金ならありがたくいただくわ。でも、このお金はそうじゃないんでしょう。高尾山の大天狗の使者とか言って、堅気のひとから騙し取ったのでしょう。そうじゃなくて」

竹蔵は口ごもった。おさとは、竹蔵と仙石屋との関係を知らないのだ。

「だけど、これだけの金があれば苦界に身を落とさずに済むんだ。よけいなことを考えず、まず今の苦境から逃れろ」

「だめ」

おさとは、傍らで聞いていた次助もはっとするほどの強い調子で言った。

「こんな金で身を守るより、苦界に身を落としたほうがましです」

「おさとさん」

たまらず、次助が口を出した。

「それは違う。あの世界がどんなにたいへんなものか」

それでも、若いうちはまだいい。歳《とし》をとり、客がつかなくなれば、だんだん格下の見世におとしやられる。病気にでもなれば、もっと惨《みじ》めだ。いったん、苦界に身を沈めたら二度と浮かび上がるのは難しい。身請けされて堅気に戻れるのはほんの僅かだ。

「おさとさん。どうか、行かないでくれ」

次助は必死に頼んだ。

いつしか、次助はおさとの家を訪れ、いっしょに酒を酌み交わすことが楽しくなっていた。昼間、町を歩いていても、ふとおさとの顔が浮かんで来て、胸の辺りが切なくなってきた。

おさとに対する感情がどういうものなのか、自分でもよくわからないが、女に対して初めて芽生えた熱い思いであることは間違いなかった。

おさとが身を崩していく。そのことに耐えられるはずはなかった。

「おさとさん。せっかく、兄さんと会えたのだ。これから兄さんと、この江戸で暮らすんだ。そうしてくれ、おさとさん」

「私もそうしたい。でも、だめ」

おさとの目に涙がたまっていた。

「これが私の運命だったのです」

おさとは竹蔵に向かって、

「兄さん。お願い。堅気になって、まっとうに暮らしてください。お願いします。そうじゃないと、あの世で、お父っつあんもおっ母さんも悲しみます」

「おさと。俺はどうしたらいいんだ」

竹蔵が泣き喚《わめ》いた。

「兄さん。私のことなら心配しないで」

おさとは立ち上がった。

「兄さん、私、行きますね。どうぞ、お体をお達者に」

そう言うや、おさとは身を翻した。

おそらく、長屋にはあの女衒が迎えに来ているのだろう。

「おさと」

竹蔵は地べたに突っ伏した。

次助は、竹蔵が泣くに任せていた。声こそ上げないものの、次助も泣いていた。胸の引き裂かれそうな思いに立っていることも出来なくなり、覚えずしゃがみ込んだ。

おさとを救い出せない自分が情けなかった。運命が呪《のろ》わしかった。

やがて、竹蔵の嗚咽《おえつ》が小さく聞こえるようになったとき、ふと二つの影が川沿いを柳橋のほうに向かうのが見えた。

次助は立ち上がった。そして、その影のほうに走った。

が、二つの影は船宿に消えて行った。船で吉原に向かうのだろう。

次助は悄然《しょうぜん》と竹蔵の元に戻った。

「おさとは女衒と発《た》ったぜ」

二つの影がおさとと女衒の男かどうかはっきり確かめたわけではないが、次助にはおさとが最後の別れに現れたのだと思った。

次助は腰を落とし、しゃがんでいる竹蔵と向かい合った。

「金剛錦のおよしという妾はどうした？　無事なのか」

竹蔵は口を閉ざしていた。

「竹蔵。おさとさんとの約束を反故《ほご》にするのか。おさとさんは、おめえがまっとうに生きて行くことを願いながら、苦界に身を沈めたんだ。わかるのか」

竹蔵は太い腕で涙を拭《ぬぐ》ってから、

「女は無事だ。黒部藩の下屋敷の土蔵の中にとらわれている」

「おまえが葛籠に入れて運んだんだな」

「そうだ。根岸に出て、さらに隅田川まで運び、あとは船に乗せたのだ」

「女をどうするつもりなのだ？」

「黒竜山と金剛錦の取り組みが終わるまで閉じ込めておくらしい」

「もし、金剛錦が勝ったら女を殺すつもりなのだな」

「そうだろう」

次助はちょっとためらってから、

「『大泉屋』の番頭は誰がやったのだ?」

「あれは死体だとは知らなかったんだ。『仙石屋』から葛籠を小村井村まで運んでくれと言われたんだ」

「どこから運んだんだ?」

「『仙石屋』の裏庭からだ。そこに葛籠があった。で、小村井村の教えられた場所に行くと、手代の平八という男が待っていたんだ」

「そのとき、死体だとわかったのか」

「そうだ」

「おいおい、武竜山よ。ずいぶんべらべらと喋《しゃべ》ってくれるじゃねえか」

いきなり、暗闇《くらやみ》から図体《ずうたい》のでかい男が現れた。

「あっ、忠次郎」

「そうよ。おめえの様子が変だから、あとをつけて来たら、なんとこのざまだぜ」

「おめえが、大天狗の使者の仲間か」

次助が前に出た。

「そうよ。もっとも、あれを考えついたのは俺だ。こいつは、ただ俺の言うように動いていただけだがな」

「てめえも相撲上がりか」

「そうだ。部屋を追い出され、上州の博徒の仲間に入っていたが、江戸が恋しくなって江戸に向かう途中に、こいつと知り合ったのよ」

忠次郎は顎で竹蔵を示し、

「江戸に入る前に、あちこちの村で大天狗を演じ、手応えを得たんだ。満を持して江戸に乗り込んだが、まさか江戸にも怪力男がいたとはな」

竹蔵がよろけるように立ち上がり、

「忠次郎。どうするつもりだ？」

と、問いかけた。

「どうするだと？　裏切りやがって」

「忠次郎。てめえは『仙石屋』に魂まで売りやがったのか。あの男は、用がなくなれば、情け容赦なく見捨てるぜ」

「へっ、何を言いやがる。あの旦那のおかげで、酒もたらふく、女も不自由なく過ごせて来たじゃねえか。こんないい暮らしを棄てるばかがいるかえ」

忠次郎は目をつり上げて言う。

「ばかやろう。わからねえのか。番頭殺しも女のかどわかしも、『仙石屋』は最後には俺たちに責任を押しつけるつもりだ。それぐれえのことがわからねえのか」

「わからねえのはおめえのほうだ。おめえが裏切ったら、俺まで『仙石屋』から疑われる。

だから、おめえを殺らなきゃならねえんだ」

忠次郎はそう言うや否や懐から匕首を抜き取った。それが合図だったかのように、暗がりからやくざふうな男たちが三人現れた。

「てめえたちは?」

竹蔵が不審そうに言う。

「昔の仲間だ。ひとの命なんて何とも思ってねえ連中だから、心してかかって来い」

「竹蔵。ふたりで暴れてやろうぜ」

次助は諸肌を脱いだ。

「ようし、次助との揃《そろ》い踏みだ」

竹蔵も諸肌を脱ぎ、次助といっしょに四股《しこ》を踏んだ。

「ふざけやがって。おう、おめえたちは、そっちのでけえのを殺れ。こいつは俺ひとりで十分だ」

忠次郎が匕首を竹蔵に向かって突き出した。竹蔵は飛び退いて避けた。上州の博徒の仲間に入っていただけあって、忠次郎は匕首の扱いに馴《な》れている。

他の三人が次助を取り囲んだ。武器を探す暇もなく、次助は素手で匕首を握った三人を相手にしなければならなかった。

三人とも皆、凄味のある顔をしている。やはり喧嘩《けんか》馴れしているようで、匕首の扱いにも余裕があった。

相手の懐に飛び込んでしまえばこっちのものだが、匕首が蛇の鎌首《かまくび》のように狙いを定めているので、次助は迂闊《うかつ》に踏み込めなかった。

ひとりの隙《すき》を衝《つ》いてつかまえに行ったら、たちまち他のふたりの匕首が背後から襲ってくる。

幾多の喧嘩の修羅場をくぐってきた余裕が三人にはあった。

ひとりが匕首を構えて突進してきた。次助は腰を落とし、襲い掛かって来た相手の動きを見定め、横っ飛びに身をかわし、相手がたたらを踏んだ隙に体勢を立て直し、すぐさま突進して行き、振り向いた男の顔面に張手を入れた。

男は大きく飛んで地べたに落ちた。その怪力に、他のふたりは度肝を抜かれたように立ちすくんだ。

「てめえたち、俺を誰だか知っているのか」

次助は怯《ひる》んだふたりに向かって大音声を発した。

「俺は佐平次の子分で次助だ。天狗が置いて行った大石を持ち上げたって噂は聞いているだろう。今度は、川に放り込んでやるか」

怖気《おじけ》を震ったように、ふたりは身を竦めた。

そして、気を失って倒れている仲間を見捨てて、逃げ出した。

竹蔵と忠次郎はまだ対峙《たいじ》していた。お互いに肩で息をしている。

次助は忠次郎の背後に立った。

「それまでだな」

　次助の声に、忠次郎ははっとしたように振り向いた。その隙に、竹蔵が忠次郎に突進し、手首を摑んでねじ曲げて匕首を奪った。

すかさず、次助が懐に飛び込み、大きく腰投げを打った。大男が一回転し、地べたを揺らして仰向けになった。

「ちくしょう」

倒れた忠次郎に馬乗りになって、竹蔵はその首に匕首を突きつけた。

「やい。忠次郎。俺たちはひとを騙して金を手に入れようとしたが、人殺しやかどわかしに手を染めることまではやろうとしなかったはずだ」

「離せ、苦しい」

忠次郎が喘《あえ》ぐ。

「あいつらは『仙石屋』の雇われものか」

「そうだ」

「じゃあ、奴らはこのことを『仙石屋』に注進に及んだか」

次助はふたりを逃したことを後悔した。

そのとき、拍子木の音が聞こえて来た。次助が提灯《ちょうちん》の明かりに向かって呼びかけた。木戸番の見廻りだ。

「すまねえ。賊をふたりとらえたんだ」

「あっ、佐平次親分のとこの」

木戸番はすぐにやって来て懐から早縄を出した。

木戸番は木戸の番や夜回りのほかにも犯人を捕まえる手伝いをするので、いつも懐に犯人を縛るための早縄を持っている。

気を失っていた男が呻《うめ》き声を発した。男の顔は大きく腫《は》れていた。まだ、頭がふらふらするらしい。

こっちの男がまだしばらく動けそうもないので、次助は忠次郎を縛り上げた。その間に、木戸番が近くの自身番に応援を頼みに行った。

「次助。俺は女を助けに行く」

「なんだと」

「さっきのふたりが『仙石屋』に駆け込めば、かどわかされた女に何をするかわからない。俺はあの女を助けなくちゃならねえんだ」

「無理だ。奴らは待ち構えている」

「それでもやらなきゃならねえ。おさとのためにも……」

竹蔵が悲壮な決意で言う。

「よし、俺も行こう」

そのとき、提灯の明かりが近づいて来た。さっきの木戸番が応援を連れて来たのだ。

「じゃあ、こいつらを頼む」

忠次郎とまだ頭のふらついているやくざふうの男を預け、それから次助は木戸番に言った。

「すまねえが、頼まれてくれるか」

「へえ。なんでも」

「長谷川町の佐平次親分のところにひとっ走りしてもらいてえ。俺と竹蔵はこれから黒部藩の下屋敷に行くとな」

「黒部藩の下屋敷ですね。わかりやした」

「急いでくれ」

木戸番が走り去ったあと、次助と竹蔵は深川の黒部藩下屋敷目指して直走《ひたはし》った。

五

その頃、佐助はじりじりして次助の帰りを待っていた。

「次助兄いはどうなったんだろう」

佐助はさっきから落ち着かなかった。

おさとの兄、竹蔵はやって来ただろうか。そのあと、次助と竹蔵との間でどんな話し合いになったのか。

平助は行灯の明かりで書物を広げているが、さすがの平助も気になるのか、ときたま顔を上げていた。

「そろそろ、四つ（十時）になるか」

平助が呟いた。

「兄い。次助兄いはおさとさんのことをどう思っているんだろうな」

「さあな」

「好きなんじゃねえのか」

「さあな」

「もし、好きだとしたら、どうするんだ」

「さあな」

「なんだよ、さっきから、さあな、さあな、ばかしで」

「なんだっけ？」

平助が怪訝《けげん》そうな顔を向けた。

「なんだ、聞いていなかったのか」

やはり、平助兄いも次助兄いのことが心配なのだと思った。

「遅いな」

佐助は立ち上がった。

「やっぱし、いっしょに行けばよかったかな」

いっしょに行くと言うと、次助は「これは俺と竹蔵との問題だ。佐助たちが行くと、俺も竹蔵を捕まえなくちゃならなくなる。今夜は、俺と竹蔵とのことにしておいてくれ」と、頼んだのだ。

平助も「次助に任せよう」と言うので、次助ひとりで出かけたのだ。

次助はまだ戻って来ない。おさとをはさんで、次助と竹蔵が仲良く笑っている光景を浮かべようとしても、どういうわけか、おさとという女の悲しげな顔しか浮かんで来ないのだ。

とうにふとんを敷き終えているが、とうてい横になれない。

「ちょっと様子を見に行って来ようか」

佐助はさっきから何度も外に出ていたが、今度はおさとの長屋まで行ってみようかと言った。

「行き違いになっても困る」

平助がまたも書物から顔を上げて言う。

いつもは、目は書物に落としたままで何かを言うのだが、やはり書物のほうには集中出来ないようだ。そんな平助の態度にも、佐助はますます不安になるのだ。

「やっぱし、何か具合の悪いことになったんじゃないのかな」

黙っていると不安で胸が押しつぶされそうになるので、佐助はさっきから喋り通しだ。

「兄い。さっきの話だけど」

「なんだ?」

「次助兄いとおさとさんのことだ」

「うむ?」

「次助兄いはおさとさんのことが好きなんじゃねえのかな」

「さあな」

「また、さあな、だ。ちゃんと聞いてくれ」

「聞いている。次助の気持ちなんて、次助にきかなきゃわからねえだろう」

「でも、次助兄いは照れ屋だし、女には引っ込み思案だし、こっちが何か言ってやらねえとなかなか本音も言わないんじゃねえのか」

「で、佐助はどう思っているんだ?」

「俺は、次助兄いはおさとさんに惚《ほ》れていると思っている」

「そうだとしたら、どうするんだ?」

「そこだよ、兄い」

佐助は平助の前に向かい合うように腰を下ろし、

「次助兄いだって、もう所帯を持ってもいい歳だ。だったら、それの応援をしてやりてえ。そう思っている」

「そうだな」

「でも、所帯を持っても、次助兄いは佐平次の子分でいるのか。きっと、いやじゃねえかと思うんだ。おさとさんの手前もあるし」

「さあ、どうかな」

「絶対に、そうだと思うぜ。所帯を持てば、それだけ暮らしの金もいるし、いつまでも子分のままっていうわけにゃいかねえ。子どもでも出来たらなおさらだ」

「で？」

「えっ？」

「だから、どうするって言うんだ」

「つまり、次助兄いはほんとうは相撲が好きなんじゃねえのか」

「さあ、どうかな」

「いや、好きに決まっている。兄い」

「なんだ、そんな食いつくような顔をして」

「次助兄いを相撲の世界に入れて、好きな道を歩ませてあげてえ」

平助からすぐに返事がなかった。

「次助兄いなら今からでも、大関とまではいかなくとも、幕内には入れるまでになるんじゃねえのか。なあ、兄い」

「佐平次はどうするんだ？」

「それは……」

「次助がいなくちゃ、佐平次じゃなくなる」

「佐平次は、辞めるんだ。平助兄いもやりたいことをやり、皆それぞれの道を進む。どうだえ、兄い」

「佐助。おめえは何をやるんだ？」

「それは」

佐助は返答に詰まった。

「小染と所帯を持つか」

「さあ、そいつは……」

「どうしてだ？」

小染は佐助に惚れているのではない。佐平次親分に惚れているのだ。実際の佐助が、意気地なしの弱虫で、優柔不断な男だと知ったら、すぐに愛想を尽かして去って行くに違いない。

そのことを言うと、平助は目を細め、

「どうして、そう思うんだ？　おめえが勝手にそう思い込んでいるだけじゃねえのか」

「違う。わかるんだ。あいつの気持ちは」

佐助は寂しそうに呟いた。

「俺はほんとうに何も出来ねえからな」

「佐助」

平助が鋭い声を出した。

「前にも言ったはずだ。どんな人間にもいいところと悪いところがある。佐助は、自分の悪いとこばかし見ている。もっと自信を持て」

何か言い返そうとしたとき、ふと平助が耳をそばだてた。

「誰か来た」

その言葉の直後、格子戸の開く音がして、

「佐平次親分」

という声がした。

佐助は飛び出して行った。

「佐平次親分。次助さんからの言づけです。これから、黒部藩の下屋敷に行く。そう伝えてくれと」

平助も出て来て、

「何かあったのか」

「へえ。巨漢の男とやくざふうな男を縛り上げて、次助さんはもうひとりの体の大きな男と走って行きました」

「わかった。ご苦労だった」

「じゃあ、これで」

男は引き返して行った。

「兄い。次助兄いはおよしって女を助けに行ったんだ」

「よっぽど差し迫った何かが起こったに違いねえ。よし、行くぜ」

すぐに支度をし、佐助は革袋に小石が詰まっているのを確認し、平助は手製の鎖で繫《つな》がった二丁十手を腰に差し、家を飛び出した。

途中、自身番に寄り、井原伊十郎への言づけを頼み、永代橋を渡って、深川海辺大工町へ走った。

次助と竹蔵は黒部藩の下屋敷にやって来た。

当然、待ち伏せしていることを覚悟しなければならないが、竹蔵は屋敷の裏門にまわった。

奉公人が出入りをしている門があり、そこから竹蔵も出入りをしていると言う。

裏門の扉を叩いた。すると、すぐに門番が顔を出した。

「おまえさんか」

「すまねえ。遅くなって」

「いっしょじゃなかったのか」

門番が妙なことを言う。

「どういうことだ？」

「さっき『仙石屋』からの使いが来て、客を草屋敷に連れて行ったぜ」

「草屋敷？　そいつはどこだ？」

「猿江町だ。なんでも、夜逃げをした商家の別邸だったところで、今は廃墟《はいきょ》になっている屋敷だ」

猿江町ならそれほど遠くないが、平助や佐助たちに連絡をつける手段に困った。黒部藩が関《かか》わっていることが明らかになるのを恐れ、女を移したのだろう。下屋敷を離れ、小名木川の傍までやって来てから、

「佐平次親分を待ってから行こう」

と、次助は竹蔵に言った。

「次助はここで佐平次親分を待て。俺は一足先に屋敷を探している」

「無茶しないだろうな」

「だいじょうぶだ。次助たちがやって来るのを待つ」

「よし、約束だぞ」

竹蔵は小名木川沿いを隅田川から遠ざかるように走って行った。

月がないが、星が瞬いている。竹蔵の体はすぐに闇に消えて行った。竹蔵は、おさととの約束を果たそうと必死なのだ。その証《あかし》が、自分がさらって来たおよしを救い出すことだと思っているのだ。

四半刻（三十分）が過ぎた頃、平助と佐助が走って来るのを見つけた。次助はふたりの前に飛び出して行った。

「おう、次助」

「次助兄い」

「およしは別な場所に移された。猿江町の草屋敷ってとこだ。今、そこに竹蔵が向かっている」

そう言い、次助が事情を説明した。

「佐助。おめえはここで井原の旦那を待て」

「えっ。どうしてだ。俺も行く」

「だめだ。せっかく井原の旦那が駆けつけても場所に迷う。それに、万が一、勝手に下屋敷に乗り込まれてみろ。あとで、どんな騒ぎになるかもしれねえ。ここは井原の旦那を待つんだ。いいな」

「わかった」

「よし、次助。行くぜ」

平助と共に、次助は小名木川沿いを猿江町に向かった。

闇の中で、ぼんやり黒い輪郭がわかった。

「あの屋敷だ」

静かだった。

次助は竹蔵の姿を探した。まさか、ひとりで乗り込んだのかと思っていると、草むらから音がして、竹蔵が近づいて来た。

「竹蔵」

「こっちだ。裏の塀が壊れている」

竹蔵の案内で、そこに向かった。なるほど、樹があって見えないが、塀が壊れていて、庭に簡単に入ることが出来た。

途中、次助は太い樹の枝を見つけて手にした。

建屋のほうを見ると、障子に明かりが射している。

「さっき障子の隙間から女が見えた」

「何人ぐらいいる?」

平助がきいた。

「そんなにひとはいないはずだ。ただ、もしかしたら、近習頭の新井剛三郎って侍がいるかもしれねえ」

「新井剛三郎?」

「居合の達人だ」

「あの侍か」

平助が眉間《みけん》に皺《しわ》を寄せた。

「どうする?」

次助がきいた。

そのとき、突然、障子が開き、部屋の中が見通せた。女が縛られていた。傍らに、武士がひとり立っていた。

「新井剛三郎だ」

竹蔵が叫んだ。

新井剛三郎は刀をゆっくり抜き、刃先を女の目の前に持って行った。

「我々を誘き出すつもりだ」

平助が言ったが、たまり兼ねたように竹蔵がいきなり飛び出して行った。

仕方なく、次助も平助も出て行った。

「その女に何をする？」

竹蔵が怒鳴った。

「何もせぬ。こうするだけだ」

侍が刀を振り下ろした。

「止《や》めろ」

竹蔵が叫んだが、女を結わいてあった紐《ひも》を斬《き》っただけだった。

女が残っていた紐を外して立ち上がった。

「あっ」

竹蔵が叫んだ。

「どうした？」

「女が違う」

さっと周囲を黒覆面の武士に囲まれた。四人だ。

「やはり、罠《わな》だったのか」

平助が口許を歪《ゆが》めて言う。

「およしって女をどこへやった?」

次助が怒鳴る。

新井剛三郎が座敷から廊下に出て来て叫んだ。

「狼藉者《ろうぜきもの》。無礼討ちにしてくれる」

「鬼岩って相撲取りを無礼討ちにしようとしたようにか」

「そうか。あのときの」

生白い顔の新井剛三郎がにやりと笑った。

「次助。おめえたちは二人で四人の侍を相手にしろ。俺は新井剛三郎とやる」

「兄い。気をつけてくれ」

大柄な黒覆面が上段から次助に斬りかかって来た。次助は大きな樹の枝で、刀を振り払い、さらに樹を頭上でまわしながら、黒覆面に迫った。

竹蔵もいつの間にか太い棒を手にしていた。船の櫂《かい》のようだ。途中のもやってあった船から持って来たのだろう。

竹蔵も怪力で、侍を寄せつけない。

平助は二丁十手を構え、地上に下り立った新井剛三郎と対峙していた。

剛三郎は刀をいったん鞘《さや》に納め、居合腰に構えている。

じりじり間合いが詰まる。剛三郎の刀が鞘走った。と、同時に平助の十手が飛んだ。

刀と十手が激しくぶつかりあった。すぐに、剛三郎は刀を引き、平助も十手を手元に引き寄せた。

剛三郎がちょっと不審そうな顔をした。勝手が違うとでも思ったのか。

平助のほうに気をとられている隙に、黒覆面が腰を落とし、腕を伸ばして次助に水平に斬りつけた。

次助はあわてたが、すぐさま飛び退き、さらに続けて襲って来た袈裟《けさ》斬りに対して、次助も大きな樹の枝を振り下ろした。

その樹の枝は刀を叩き落とし、さらに相手の頭を激しく打ちつけた。その武士が刀を落とし、前のめりになって倒れた。

竹蔵は黒覆面を圧倒している。平助はと見ると、またも居合の抜き打ちの刀が、平助の投げた十手と激しくぶつかり合っていた。

さっきから、何度もそうやって平助は剛三郎の居合を防いでいた。剛三郎の表情に焦りが生まれているのがわかった。

またも、剛三郎は右膝を立て、腰を落とし、左手を刀の柄《つか》に当て、居合腰で平助を睨んだ。剛三郎の呼吸が微かに乱れているようだ。

えいという気合もろとも、刀が鞘走った。そして、同じように十手が飛んだ。が、今度は刀と十手が激しくぶつかり合った瞬間、平助は剛三郎の胸元に飛び込み、思い切り脾腹《ひばら》をもう一つの十手で打ちつけた。

うっというめき声を上げて、剛三郎は片膝をついた。平助はすかさず刀を鎖で巻き上げて奪った。

剛三郎が敗れるや、たちまち他の黒覆面の武士は戦意を喪失した。

「おい。黒竜山を勝たせるためとは言え、こんな汚い真似をして恥ずかしいとは思わねぇのか」

平助が剛三郎に迫った。

「それほど藩の名誉がかかっているのか。黒部藩の殿さまってのはそんなに器量のちっぽけな人間なのか」

「殿は関係ない。これは私の一存でしたこと」

「おまえさんの一存でこんな勝手が出来るものか。殿さんが知らないなら、江戸家老か、そこに近いとこから出ているんだろう。このことを読売屋に話して、江戸中に知らせてやってもいいんだぜ」

「やめろ。やめてくれ」

腹を抑えながら、剛三郎が訴える。

「じゃあ、金剛錦の妾を返すんだ。妾はどこにいる?」

「下屋敷にいる。無事だ。返す。必ず返すから、信じてくれ」

「『仙石屋』は黒部藩の圧力に逆らえなかったんじゃないのか。そのために、ひとをひとり殺した。『仙石屋』を追い込んだのもおめえたちだ」

剛三郎は頭《こうべ》を垂れていた。

「平助、次助、だいじょうぶだったか」

親分らしく気取って、佐助がやって来た。

「親分。すっかり片がつきましたぜ」

次助は佐助に話した。

「次助。ごくろう」

この野郎、調子に乗りやがってと思ったが、次助は佐助を憎めなかった。

「親分。井原の旦那は？」

「やっぱし、留守だったようだ」

「ちっ、肝心なときにいつもいねえ」

次助は呆れて言った。

「まあいい。この新井剛三郎を信用しよう。あとは、『仙石屋』だけだ」

それから、新井剛三郎と共に黒部藩下屋敷に行き、土蔵に閉じ込められていた、およしを引き取った。

帰りは、黒部藩の船で送ってもらうことになり、次助、平助、佐助、竹蔵、そして、およしが船に乗り込んだ。

船が桟橋を離れたとき、見送りに出ていた新井剛三郎が、

「どうか、ご内密に」

と言うや、いきなり刀を抜き、懐紙で刃の部分を巻いてそこを持った。

「あっ」

誰からともなく声が上がった。

剛三郎は自分の腹に刀の切っ先を突き刺していた。

次助はなんともやり切れない気持ちになっていた。

六

佐助は平助と共に、『仙石屋』の別邸を訪ねた。

明け方近くに、金剛錦の妾およしを駒込片町の住いに返したあと、佐助たちは米沢町の『仙石屋』を訪れた。が、主人の仙右衛門は深川の別邸からまだ戻って来ていないということだった。

それから、ここにやって来たので、もう陽《ひ》はだいぶ上っていた。

別邸はひっそりしていた。手代ふうの男に案内されて、庭に面した部屋に通された。

そこに、仙右衛門が待っていた。

厳しい顔に疲れのようなものが漂っている。すでに黒部藩から知らせが届いているはずだ。

「仙石屋さん。およしという女は無事に送り届けましたぜ」

「佐平次親分。ごくろうさまでした」

仙右衛門は頭を下げた。

「思えば、私もどうかしておりました。いくら、黒部藩との取り引きを打ち切りにされようが、相撲の勝負に立ち入るべきではありませんでした。でも、あのときは、たかが相撲と思われましょうが、『仙石屋』の身代がかかっているような気になっておりました」

「黒部藩のほうが無茶だったんです。それを撥《は》ねつけられなかったのは、いくら弱い立場とはいえ、仙石屋さんにも責任はある」

「わかっております。ただし、このたびの不始末は、すべて黒部藩近習頭の新井剛三郎さまと私、仙右衛門が勝手に仕組んだこと。黒部藩には一切関わりございません」

「それが黒部藩から言い渡されたことですね」

仙右衛門は微かに目を伏せ、

「息子に身代を譲り、私は潔くお裁きをお受けする覚悟でございます」

そうすれば、黒部藩は『仙石屋』との取り引きを続けると言って来たに違いない。『仙石屋』を守るにはそれしかないのであろう。

「『大泉屋』の伊兵衛を実際に手にかけたのは誰ですか」

佐助は改めてきいた。

「手にかけたのは、さっきの平八という手代です。平八は私に命じられたままやむなくやっただけ」

廊下に足音がして、手代の平八が無表情で言った。

「旦那さま。北町同心の井原伊十郎さまがお出《い》でになりました」

「そうですか。じゃあ、おまえも支度をしなさい」

「はい」

平八は素直に頷き、去って行った。

「あの者は孤児だったのを引き取って面倒を見てきたのです。汚い仕事をよくやってくれましてね」

仙右衛門は立ち上がった。

佐助が玄関に行くと、井原伊十郎が奉行所の小者《こもの》を連れて待っていた。

「佐平次、ごくろうだった」

「へい」

伊十郎はまだ酒臭い。二日酔いらしく、青ざめた顔をしている。

「あとひとりは?」

「旦那。今、連れて行きやす」

「うむ」

井原伊十郎は素直に頷き、仙右衛門と平八にお縄をかけた。

「次助兄いは?」

平助にきくと、裏だと答えた。

次助は竹蔵と原っぱの樹の陰で腰を下ろし、飽かずに語り合っていた。かなたに材木置き場があり、真新しい材木が立てかけられていた。

「江戸を離れたあと、すぐ旅芸人の一座に入ったのか」

竹蔵が相撲部屋をやめたあとのことに話が飛んだ。

「いや。小田原に行った。そこで、盗みを見つかり、代官所の役人に追いかけられ、逃げ込んだのが掛け小屋だった。そこに、怪力の年寄りがいたんだ。その男に助けられた。それが縁で、一座で働くようになった」

「怪力の年寄り?」

「若い頃は江戸にいたらしい」

「何、江戸にいた? 幾つぐらいだ?」

「もう五十は過ぎているかな。事情があって、江戸を棄て、その一座に拾われ、怪力の見世物をしていた男だ。俺も、その爺《じい》さんといっしょに怪力の見世物に出ていたんだ」

「蔵前の大八だ」

次助が茂助から聞いた怪力男のことを思い出した。

「知っているのか」

「ああ、話を聞いたことがある。で、それが縁で、その一座で暮らすようになったのか」

「そうだ。五年ほど世話になった。でも、信州に寄ったとき、おさとの暮らしぶりを知って何とかしてやりてえと」

まとまった金を手に入れたいと、竹蔵は江戸に出たのだ。

そして、途中で相撲上がりの忠次郎と出会ったのが次助の間違いだった。だが、過ぎてしまったことを悔やんでも仕方ない。

「昔も、稽古の終わったあと、部屋を抜け出して、こうしていろんなことを話し合ったっけな」

ふと、次助は遠くを見る目つきで呟くように言った。

「ああ。そうだった。俺はおめえは絶対に大関になれると思っていた」

「いや、竹蔵こそ大関になるだろうと、俺も思っていたぜ」

竹蔵は俯き、

「俺は天狗になってしまったんだ。次助がやめてから、もう俺の天下だと思った。怖いものはなかった。武竜山という四股名を付けてもらって、何をやっても許されると思ったんだ」

慢心があったのだと、竹蔵は自嘲《じちょう》気味に言った。

「次助。どうしてやめたんだ。もし、おめえがいてくれたら、俺も少しは違っていたかもしれねえ」

竹蔵は次助を責めるように言った。

そうかもしれないと思った。常に次助と比較されていれば、竹蔵ももっと精進したかもしれない。そうはいっても、それは竹蔵の弱さなのだ。だが、次助は竹蔵に負い目を覚えた。

やはり、俺が続けていれば、竹蔵は相撲の世界で大成したであろうと思われるのだ。

「俺は……」

次助は迷った末に続けた。

「相撲が好きだった。おめえといっしょに大関を目指したかった。でも、俺は勝負師にはなれなかった。つい相手に同情してしまうんだ。そんな性分が、いざというときに災いをした。それに、兄弟三人の暮らしを棄てられなかったんだ」

次助は竹蔵に顔を向け、

「情けない男だと思うだろう」

と、己を蔑《さげす》むように笑った。

「いや。俺だって同じだ。親の励ましの言葉を厄介払いだと思い、やけくそになっていたんだ。俺のほうが情けねえ」

「ふたりいっしょだったら、俺たちの人生も変わっていただろうな」

「ああ、今頃は俺もおめえも大関を張って、同じ部屋同士で優勝争いをするようになったかもしれねえな」

そのとき、向こうから佐助と平助がやって来た。

「迎えが来たようだな」

覚悟をしたように、竹蔵が立ち上がった。

竹蔵にどんな刑が下されるかわからない。ひょっとしたら、遠島になるかもしれない。いずれにしろ、数年間は会えないだろう。

遠い昔のことが脳裏に蘇ってきた。相撲部屋で、竹蔵とよく稽古をしたものだ。

「竹蔵」

次助はたまらずに叫んだ。

「最後に、俺と相撲をとらねえか」

「相撲?」

竹蔵は怪訝そうな顔をしたが、ふいに表情を輝かせた。

「よし」

広い場所に出て、お互い向き合って四股を踏んだ。

「行くぞ」

「おう、来い」

見合って立ち上がった。次助と竹蔵は激しく立合ってぶつかり合った。お互いに押し合う。

ぐっと力を込めて押す。竹蔵も押し返す。ぱっと両者は離れ、再び突進してぶつかり合う。

再び、押す。やがて、四つに組んだ。投げを打ち、竹蔵がこらえ、今度は竹蔵の投げを次助が残す。

ぐっと寄ったとき、ふいに竹蔵の目尻が涙で光ったのを見た。それを見た瞬間、次助は胸の底から込み上げてきた。

力が抜けた瞬間、竹蔵が激しい投げを打った。次助も懸命に投げ返す。片足でこらえながら、やがて両者が同時に地べたに倒れた。

「同体だ」

佐助の声がした。

しゃがんだまま、ふたりとも肩で息をしながら、お互いを見つめ合った。

「次助。おさとを頼む」

「心配するな。きっと、おさとさんを苦界から救い出してみせる」

もう次助は涙で竹蔵の顔が見えなくなっていた。

二日後、佐助たちは本所回向院の山門を潜《くぐ》って行った。

正面が本堂で、左側に墓地が広がっている。ここは、明暦三年の十万八千人といわれる振袖火事の死者の冥福《めいふく》を祈る目的で建てられた。

本堂右手の広場のほうに向かう。

広場では、明日からの本場所を控え、相撲の小屋掛けを造っている。小屋掛けと言っても、周囲には筵《むしろ》などで囲いを造るが、屋根はない。したがって、雨天は中止となる。

相撲好きの者は小屋を建てるのも見物するそうで、今も大勢の見物人がいた。

真新しい丸太が組まれ、藁《わら》や筵も新しく、作業する男たちの汗が、明日からの本場所の前景気を煽《あお》っているようだった。

今場所の呼び物は、金剛錦と黒竜山の因縁の対決だ。

「ふたりの相撲が楽しみだな」

佐助は声を弾ませる。黒竜山は今度の騒ぎを一切知らされておらず、金剛錦のほうも妾のおよしが無事で戻って来て何の心配もなくなった。

ふたりの真剣勝負が期待出来そうだった。

「おや。あれは」

頭一つ飛び出ている次助が小屋造りの見物人の中で誰かを見つけたようだ。

「誰かいたのか」

「旦那だ」

「旦那だって。どれ、あっ、ほんとうだ。やっ、あれを見ろよ」

佐助は素《す》っ頓狂《とんきょう》な声を上げた。

本堂のほうから女がやって来た。歳の頃なら二十七、八。ぽっちゃりした顔立ちで、尻も大きく、いかにも伊十郎好みの女だ。といっても、伊十郎の女の好みは幅広いので、一番の好みかどうかはわからない。

案の定、女は伊十郎のところに駆け寄った。

「またか。よくやるよ、あの旦那は。この前の肝心なときもいなくて。ちょっと厭味《いやみ》の一つでも言ってやろうか」

佐助が向かいかけると、次助が佐助を止めた。

「まあ、いいじゃねえか。俺たちは俺たちだ。三人でこれからどこかへ行こうぜ」

「そうだな。今度は井原の旦那からたっぷり褒美をもらったからな。これも次助の手柄だ。ほんとうによくやったぜ、次助」

平助が褒めたたえると、次助が照れたように空を見上げた。ちょっと歯がゆいところがあるが、決して得意気にならないのが次助のいいところだと、佐助はふと笑みが漏れた。

「おい、あの雲」

いきなり次助が言った。

「あれ、ふかふかの饅頭《まんじゅう》に見えねえか。なんだか、腹の虫が鳴り出した」

ほんとうに次助の腹の虫が鳴った。

元の次助に戻った。佐助は、それがうれしかった。また、三人で暮らしていけることの喜びを、佐助は静かにかみしめていた。

本書は書き下ろし作品です。

時代小説文庫
こ 6-6

天狗威《てんぐおど》し 三人佐平次捕物帳《さんにんさへいじとりものちょう》

著者 小杉健治《こすぎけんじ》

2006年10月18日第一刷発行
2011年11月18日第二刷発行

発行者 角川春樹

発行所 株式会社 角川春樹事務所
〒102-0074 東京都千代田区九段南2-1-30 イタリア文化会館

電話 03(3263)5247[編集] 03(3263)5881[営業]

印刷・製本 中央精版印刷株式会社

フォーマット・デザイン＆シンボルマーク 芦澤泰偉

ISBN4-7584-3259-7 C0193
http://www.kadokawaharuki.co.jp/[営業]
fanmail@kadokawaharuki.co.jp[編集] ご意見・ご感想をお寄せください。

小杉健治

地獄小僧

三人佐平次捕物帳

書き下ろし

世間での岡っ引きの悪評を憂いていた同心・井原伊十郎は、美人局《つつもたせ》の罪で捕まえた三兄弟、頭は切れるが悪人面の平助、力だけは人並み以上の次助、女も敵わぬ美貌の佐助の三人を、岡っ引きとして売り出すことを思い付く。罪を問わぬ代わりに、三兄弟に「佐平次親分」を名乗らせ、その評判を上げさせようと考えたのだ。同じ頃、大店《おおだな》に押し込んでは皆殺しにして金品を奪う「地獄小僧」が治安を脅かしていた。三人で一人の佐平次は、この凶行を止めることができるだろうか？

小杉健治

丑の刻参り

三人佐平次捕物帳

書き下ろし

同心・井原伊十郎によって岡っ引きにされた「佐平次親分」。実は、切れ者の長男・平助、力自慢の次男・次助、色男の三男・佐助の三人兄弟で一人の岡っ引きだった。佐平次の活躍で地獄小僧一味は捕らえられ、頭目・狢の平三郎は市中引き回しの上獄門となったが、一味の生き残り和五郎が重兵衛とともに、平三郎の敵討ちのために策を練り始めていた——。佐平次に襲いかかる罠、そして「丑の刻参り」の謎とは果たして何なのか？　書き下ろしで贈る、大好評のシリーズ第二弾！

時代小説文庫

夜叉姫 三人佐平次捕物帳

小杉健治

書き下ろし

木戸番の留蔵は夜回り中に、紙問屋「多和田屋」の二階の屋根の上に奇怪なものを見た。巫女のような白い着物に赤い袴、長い髪で顔は般若だった。そして庭には「夜叉姫、参上」と書かれた置き文が。数日後、「多和田屋」の主人・仁右衛門は、心の臓を突かれて殺された。同心・井原伊十郎によってつくられた、三人で一人前の岡っ引き・佐平次は、早速「多和田屋」へ駆けつけたが……。夜叉姫とは果たして何者なのか、主人はなぜ殺されたのか? 書き下ろしで贈る、大好評のシリーズ第三弾!

修羅の鬼 三人佐平次捕物帳

小杉健治

書き下ろし

定町廻り同心・井原伊十郎に呼び出された、三人で一人前の岡っ引き、佐平次。沢島藩の間宮が、佐平次を見込んで内密の頼み事があるのだという。昨晩屋敷に訪ねてきた若い女が、間宮の娘だと言い出し、その真偽を佐平次に調べてもらいたいということだった。一方で、頭巾を被った五人組の侍が武家屋敷を襲う事件がおきた。滅法腕のたつ五人組を捕まえることに怖じ気づくも、伊十郎に脅され渋々捜索に乗り出していくのだが……書き下ろしで贈る、大好評シリーズ待望の第四弾!

時代小説文庫

長谷川 卓

黒太刀

北町奉行所捕物控

書き下ろし

御袋物問屋・伊勢屋の主人が、料理茶屋で斬り殺された。臨時廻り同心・鷲津軍兵衛は死体に残された凄まじい斬り口から、「黒太刀」と呼ばれる殺し屋に目星をつける。数年に一度殺しを繰り返す「黒太刀」の背後には、殺し屋一味の元締めと殺しの依頼人がいるはず。殺された伊勢屋の主人が元武士だったことから、彼の過去に殺しの動機を求めると同時に、殺し屋一味を追うのだが……。北町奉行所臨時廻り同心・鷲津軍兵衛の活躍を描く、時代小説の傑作長篇第二弾！

（解説・細谷正充）

鈴木英治

凶眼

徒目付 久岡勘兵衛

書き下ろし

江戸城内の見廻りを終えた勘兵衛のもとへ、急報が飛び込んできた。番町で使番が斬り殺されたとのことだった。殺された喜多川佐久右衛門とともに下城していた佐野太左衛門は、斬りつけたのは魚田千之丞という小普請組の者であると証言する。さらに、佐久右衛門の仇討ちに出た長男と次男もその道中で返り討ちとなってしまう。探索の最中、勘兵衛は謎の刺客に襲われるのだが、その剣は生きているはずのない男のものだったのだ……。書き下ろしで贈る、大好評の勘兵衛シリーズ第七弾！

時代小説文庫

長谷川 卓

血路
南稜七ツ家秘録

甲斐から諏訪に行くためには、龍神岳城を通らねばならない――。武田晴信―後の武田信玄―は、芦田満輝の龍神岳城を武田の陣営にするための策略を練っていた。武田の暗殺集団〈かまきり〉と、山の者の集団〈七ツ家〉の壮絶なる死闘を描く、ノンストップ時代アクションの最高傑作。選考委員の森村誠一氏、北方謙三氏、高見浩氏、福田和也氏に絶賛された第二回角川春樹小説賞受賞作、ここに登場！（解説・細谷正充）

長谷川 卓

死地
南稜七ツ家秘録

書き下ろし

山の民〈南稜七ツ家〉の二ツは、秀吉軍に敗色濃厚な柴田勝家より、御方様を城より無事助けるよう、依頼を受けた。それは、二ツと秀吉を守る森の民・錣《しころ》一族及び謎の老婆久米との、長く壮絶な戦いの幕開けであった。「荒唐にして無稽、しかしながら息もつがせぬ興奮の連続、こは山田風太郎奇跡の復活か」と、浅田次郎氏絶賛の、戦国の闇を舞台に縦横無尽にくり拡げられる長篇時代小説の傑作。書き下ろしで遂に登場。

時代小説文庫

森村誠一

地果て海尽きるまで 小説チンギス汗《ハーン》上

「チンギス汗《ハーン》の覇道に終わりはない」――一一六二年秋、モンゴル高原で一人の男子が生を享けた。右手に血凝りを握り、〝眼に火あり、顔に光あり〟と言われる吉相を持っていた。後のチンギス汗である。十三歳で父を敵に殺された彼は、家族を守るために孤独な闘いをはじめる。幾多の苦難を乗り越え、遂にモンゴルを統一した彼の目に映ったものとは……。チンギス汗の壮大な夢と不屈の魂を格調高く謳い上げる、著者渾身の一大叙事詩。（全二冊）

森村誠一

地果て海尽きるまで 小説チンギス汗《ハーン》下

「闘う者たちの崇高な魂がここにある」――世界制覇を夢み、ひたすら突き進んだチンギス汗は、一二二七年、六十六歳でこの世を去る。彼の遺志を継いだ蒼き狼たち。五代目フビライが目指したのは、海の彼方日本であった……。「地の果て、海尽きるところまで」を求めた男たちの苛烈な生き様を、夢破れ戦場に散った者たちへの鎮魂を込めて描き切った、森村歴史小説の最高峰、遂に文庫化。（解説・池上冬樹）

時代小説文庫

今井絵美子

鷺の墓

書き下ろし

藩主の腹違いの弟・松之助警護の任についた保坂市之進は、周囲の見せる困惑と好奇の色に苛立っていた。保坂家にまつわる因縁めいた何かを感じた市之進だったが……(「鷺の墓」)。瀬戸内の一藩を舞台に繰り広げられる人間模様を描き上げる連作時代小説。「一編ずつ丹精を凝らした花のような作品は、香り高いリリシズムに溢れ、登場人物の日常の言動が、哲学的なリアリティとなって心の重要な要素のように読者の胸に嵌め込まれてくる」と森村誠一氏絶賛の書き下ろし時代小説、ここに誕生!

今井絵美子

雀のお宿

書き下ろし

山の侘び寺で穏やかな生活を送っている白雀尼にはかつて、真島隼人という慕い人がいた。が、隼人の二年余りの江戸遊学が二人の運命を狂わせる……。心に秘やかな思いを抱えて生きる女性の意地と優しさ、人生の深淵を描く表題作ほか、武家社会に生きる人間のやるせなさ、愛しさが静かに強く胸を打つ全五篇。前作『鷺の墓』で「時代小説の超新星の登場」であると森村誠一氏に絶賛された著者による傑作時代小説シリーズ、第二弾。

(解説・結城信孝)